クロス・コネクト 3
電脳神姫・秋桜の
入れ替わり拒絶ゲーム攻略

久追遥希

MF文庫J

JN210519

口絵・本文イラスト●konomi（きのこのみ）

《――少し、困ったことになりました》
　薄暗がりの中に静謐《せいひつ》な声が響く。
《天道白夜《てんどうびゃくや》、朧月詠《おぼろつくよみ》……私の見立てでは、彼らにも充分な才がありました。そして二人が作り上げた裏ゲーム、ROCもSSRも特段悪い出来《でき》ではなかった》
《……ですが、それでも駄目でした》
《純粋で残酷な一つの結果として、彼は私たちから二機の電脳神姫《バグナンバー》を奪っていきました》
　コツコツと一定のリズムを刻んでいた足音。それが、不意にピタリと止まる。
《正直に言いましょう――予想外です。ここまで脆《もろ》いとは思っていなかった。魔術師《メイガス》スフィアの伝説を、神話を、私はいつの間にか信用しすぎていたのかもしれません》
《だから、ここまでです》
《傍観していられるのはここまで》
　淡々と紡がれたその声音《こわね》は、ともすれば聞く者を凍り付かせてしまうほどに温度の低い熱を伴っていた。彼女が瞬《まばた》きをするだけで空気が揺れる。この空間の何もかもが、彼女によって支配されている。

《私は、これから彼と接触しようと思います。彼が奪った私たちの〝財産〟を返してもらわなければ。そうしないと――計画に支障が出る》
《それは、あまり好《よ》くありませんから》
《……スフィアの？　いえ、これは私の独断です。特別スフィアの理念には反していないはずですが……そうですね。もし失態として追及されるようなら、その時は潔く罰を受けるとしましょう》
《ああ。もちろん、計画のシークエンスを最終実行段階まで上げた後に、ですが》
　くすりとも笑わないまま、彼女はありもしない仮定を冗談めかして語る。
　それが画面の中の少女に対する配慮なのか否《いな》かは、彼女自身にもよく分かっていないが。
《とにかく、例の計画を実行するには、電脳神姫《バグナンバー》が全機こちらにいなければなりません》
《一機残らず、です。例外はない。エニグマコードが全て要る》
《ですので――彼には少し悪いですが、返してもらうことにいたしましょう》
《……彼に〝招待状〟を出さなくていいのか、ですか？》
《いえ、必要ないでしょう。そもそも、今から私たちが行うのは、ＲＯＣやＳＳＲのような愉《たの》しい〝ゲーム〟ではありません。……ええ、はい。そういうことです》
《これから始まるのは、波乱もない、逆転もない、混乱も混沌《こんとん》もどこにもない――》
《――そんな、簡単《つまらない》な〝作業〟なんですから》

第一章　あるいは世界を征服する程度の野望

CROSS CONNECT

＃

佐々原雪菜《ささはらゆきな》が体調を崩したらしい――。

そんな情報が担任教師の口から告げられたのは、そろそろ炬燵《こたつ》が恋しくなってきた十一月の某日、帰りのHRが終わった直後のことだった。

「――お見舞いです、夕凪《ゆうなぎ》さん。一刻も早くお見舞いに行かなきゃいけませんっ！」

ぎゅ、と拳を握り込んで力説してくる金髪の美少女からそっと目を逸《そ》らしつつ、俺は静かに息を吐く。

「お見舞い、ね……うーん」

「ど、どうしてそんなにやる気なさげなんですか夕凪さんっ。雪菜さん、熱が38度5分もあると聞きました。それも昨日より少し高くなっているんだとか。……こ、このままではオーバーヒートで燃え上がってしまいます！」

「いや、人間は自分の熱じゃ燃えないから」

気のない返事を口にしながら、右手に提げていた鞄《かばん》を机の上に放り出す。ついでにぐるりと教室内を見渡してみれば、同じクラスの連中のうち約半数がダラダラと居残っているのが見て取れた。高校二年生の放課後に相応《ふさわ》しい、実に緩やかな時間が流れている。

――と、

「そ……そんなに意地悪なこと言わないでください。夕凪《ゆうなぎ》さん」

そんな俺の視界に、少しだけ頬《ほお》を膨らませた少女の顔が再び映り込んだ。

まるで童話から飛び出してきたかのような美しい金髪碧眼《へきがん》。夢か現《うつつ》かと問われれば存在自体がそもそも奇跡、といった感じのきめ細かくて白い肌。いたずらに保護欲をくすぐる天然無邪気な所作の数々。

電脳神姫五番機《バグナンバー》――通称〝春風《はるかぜ》〟。

彼女は、とあるゲームの報酬として現実世界《こちらがわ》で過ごすための身体《からだ》を得た超特殊型のＡＩだ。それ故《ゆえ》にこうして文字通り〝現実離れした〟容姿を持っているが、しかしその身に宿した感情は決して〝作り物〟なんかじゃなくて。

今も、病欠している俺の幼馴染《おさなな》み、雪菜《ゆきな》の身を案じて瞳を潤ませている。

「お願いです、夕凪さん。一緒に来てください。多分、雪菜さんは、夕凪さんが来てくれた方がうれしいと思うんです。それに……わたしだけじゃ料理も上手《うま》く作れませんし」

「あー……そうじゃないんだ、春風。俺が迷ってるのはそこじゃない。俺が行くかどうかじゃなくて、むしろ、お前に来て欲しくないって言うか……」

「ふえ？　……ぅ……あ、あぅ」

「え？　お前、なんで泣いて――って、あ、違う！　違う違う！　そうじゃない、邪魔だとかそういうことじゃないから！」

ショックを受けたのかぷるぷると震え始める春風を慌てて宥《なだ》めにかかる俺。小さな嗚咽《おえつ》は瞬《またた》く間にクラス中の視線を掻《か》き集め、結果、俺の全身に痛いくらいの殺気が突き刺さることとなった。……相変わらず大人気だな、春風。

「だから、違うんだって」

かけられた嫌疑を晴らすためにも、俺はちょっと大きめの声で弁解を開始する。

「雪菜《あいつ》が休んでる理由が怪我《けが》とかだったらそりゃ一緒に行くけどさ、でも今回はそういうわけじゃないだろ？　体調不良。要は風邪《かぜ》だ」

「は、はい。……って、あれ？　もしかして、風邪だからダメなんですか？」

「そうだよ。まあ、雪菜のことだから単に気温の変化で体調崩しただけ、とかなんだろうけど、絶対に感染性じゃないとは言い切れない。で、万が一お前が行って感染《うつ》ったりしたら……それはもう天道案件だろ。俺じゃちょっと手に負えなくなる」

現実世界に身体を持った電脳神姫《AI》、という立ち位置《ポジション》は、その程度にはイレギュラーだ。

ウイルスがどう作用するかなんて見当も付かないし、熱が出るだけにしても普通の医者には見せられない。どうしても天道白夜《てんどうびゃくや》を――春風の製作者を頼る必要が出てくる。

そして俺は、あいつのことが大嫌いなのだ。

「……えへへ」

と、目の前の春風《はるかぜ》が何故《なぜ》か幸せそうな笑みを零《こぼ》した。

「な……何だよ？」

「あ、いえ。ただ、夕凪《ゆうなぎ》さんはやっぱり夕凪さんだなあって、ちょっとうれしくなっただけです。……あの、でも、それなら夕凪さんも行っちゃいけないんじゃないですか？」

「ん？　ああ、いいんだよ別に。俺はどうせ毎日会うし、とっくに諦めてる」

「毎日、ですか？」

「そう、毎日。――あいつさ、いつもはあんなにうるさいのに、風邪《かぜ》引くとすげえ大人しくなるんだよ。部屋から一歩も出ないで、ベッドの上に体育座りしたまま壁に背中預けてたりするんだ。それで、そういう時は大体、カーテンと窓が開けっ放しになってる」

ちなみに、昨日の夜もそうだった。

お互いの窓を介して部屋同士が隣り合っている関係上、俺と雪菜《ゆきな》の間には〝窓の状態でサインを送る〟なる奇妙な文化があったりする。中でも〝カーテン及び窓が全開〟というのは〝一も二もなくいいから構え〟の意思表示だ。俺に無視する権利はない。

嘆息交《ま》じりにそんなことを話してやると、春風の表情がさらに柔らかく緩んだ。

「ふわぁ……それ、いいですねっ！　凄《すご》く素敵なお話だと思います！」

「……そうか？　俺相手なら別に感染《うつ》しても気にならない、ってだけだろ」

「ち、違いますよ、きっと。一人だと不安だから信頼できる誰かに縋《すが》ってたい、ってことじゃないですか。それに、夕凪さんも何だかんだで応えているんですし……えへへ。ちょっと羨ましいです、幼馴染《おさななじ》み」

「いや、幼馴染みなんて実際ただの腐れ縁だぞ？　そんなに良いものでもな――ん？」

気恥ずかしさから若干の訂正を入れていると、ポケットの中のスマホが振動するのが分かった。それも荒れ狂うように、だ。……一応言うが、誇張表現じゃない。二ヶ月半前の裏ゲーム・ＳＳＲが終結してからこれまで、俺のスマホはよくこうして暴れている。

そして、その原因というのが、

『――幼馴染みなんて良いものじゃない、ねえ？　ふふん、何バカなこと言ってるのタルミ。あんたが今まで読んできたラブコメ漫画、七割超が幼馴染みモノじゃない。百パーセントピュアストレートに大っ好きじゃない！』

「っ……鈴夏《すずか》お前、少しくらい黙ってられないか？　勝手に俺の読書履歴とか――」

「す、鈴夏さん鈴夏さん！　夕凪さんの愛読書の中に〝電子世界から抜け出してきた特殊ＡＩ（金髪碧眼《へきがん》）モノ〟はありますか！　ありますよね！　どれくらいですかっ⁉」

『それは0割0分ね』

「そんな！」

「いやそんな限定的なシチュエーションそうそうねえよ！　ってか鈴夏！　いい加減、俺のプライベートを無差別で全力発信するの止《や》めろ！」

頬《ほお》をひくひくと引き攣《つ》らせながら、スマホの画面に向かって思いきり怒声を放つ俺。

別に誰かと電話しているわけじゃない。会話の相手はここにいる。

――電脳神姫二番機《バグナンバー》・通称〝鈴夏《すずか》〟。

スフィア幹部の一人、朧月詠《おぼろつくよみ》によって生を受け、長い間〝出来《でき》損ない〟として虐げられてきた少女だ。SSRのクリアによって晴れて彼から解放され、かくかくしかじかで今は俺のスマホを（勝手に）生息拠点としている。

まあ、それだけなら別に構わないのだが……問題なのは、彼女の持つ特殊能力の方だった。〝端末干渉〟能力。スマホやPCに許可なく入り込めるだけでなく、中のデータにも上位権限でアクセス出来てしまうという厄介極まりないスキルである。

要するに、俺の個人情報なんか自由自在に抜き放題。

趣味、嗜好《しこう》、性癖その他諸々《もろもろ》まで、徹底的に弱点を握られたことになる。――故《ゆえ》に、

『ふふーん、良いのかしらタルミ？　このあたしにそんな口利いちゃって！』

「こいつ……」

小さな画面の真ん中で、鈴夏は、各種アイコンをふわふわと両端に押しやりながら不敵な笑みを浮かべていた。ワガママ盛りな〝魔王〟を思わせるピンクの長髪に、意思の強そうな紅《あか》の瞳。ゴスロリドレスの胸元はぐぐっと得意げに突き出されている。

仕方なく首を振りながら、俺はそっと溜《た》め息《いき》を吐《つ》いた。

「はあ……ったく。で？　結局お前は何が言いたいんだよ。ただ嫌がらせするためだけに出てきたわけじゃないんだろ？」

『当たり前でしょ。このあたしがそんな程度の低いことすると思う？』

「割とおも――ノーコメントで」

『えぇー？　もう、何よそれ。タルミは相変わらず性格悪いんだから。たまには素直に褒めてくれたっていいのに……まあいいわ。それじゃ本題に入るけど、あのねタルミ、ハルカゼはそもそも風邪《かぜ》なんか引かないわよ？』

「え……そうなのか？」「そうなんですか？」

二人分の疑問の声が重なった。春風《はるかぜ》は一瞬だけ俺の方を向いて小さくはにかむと、机の上に置かれたスマートフォンにずいっと顔を近付ける。

「わたし、風邪を引かないんですか？　鈴夏《すずか》さん」

『ええ、そりゃそうでしょ。だって天道白夜《てんどうびやくや》よ、天道白夜。朧月詠《あのひと》がしょっちゅう愚痴ってたからあたしだってよく知ってるわ。神経質を極めたみたいな完璧理想主義者……だったら当然、ハルカゼを送り出す前にあらゆる対策をしてるに決まってるじゃない。風邪も病気も、何もかも完全にシャットアウトされてるはずよ』

「……確かに、言われてみれば」

筋は通っている気がする。俺の認識の中でも、天道白夜というのはそういう男だ。

「じゃ、じゃあ！」

思わぬ方向からの太鼓判を受けて、春風がキラキラとした眼《め》をこちらに向けてきた。透き通るように純粋無垢《むく》で、輝いていて、俺にはどうしても逆らえない例のあれだ。

だから当然、答えなど一つしか存在しない。

「……分かったよ。そういうことなら断る理由もないし、一緒に行こうぜ」

「わ……！　はいっ！　ありがとうございます、夕凪《ゆうなぎ》さん！」

弾むような言葉と共に大袈裟《おおげさ》な所作で頭を下げる春風。その拍子に滑らかな金糸がふわりと舞い上がって、一瞬後にはすとんと流れ落ちると共に屈託ない笑顔をさらけ出す。

「えへへっ」

『お、おぉおおおおおおおおお……！』

あまりにも画《え》になるその光景に、俺だけじゃなくクラスの誰もが目を奪われていた。春風から放出されるマイナスイオンに心を癒《いや》され、ほわほわとした表情に思わず頬《ほお》が緩んでしまう。さっきまでの諍《いさか》いなんか忘れて誰も彼もが自然と笑顔に、

「――はなしは、きかせてもらった」

……いや。

たった一人だけ、微笑《ほほえ》ましさの奔流をものともしない人物《ヤツ》がいた。

やけにスタイリッシュな仕草で教室前方のドアを滑らせ、無表情のままツカツカと俺た

ちの方へと歩み寄ってくる淡い水色ショートヘアの後輩少女——そう。

「み、三辻《みつじ》……？」

〝氷の女帝〟こと、三辻小織《こおり》その人だ。

ＳＳＲ終了後に俺と同じ学校の生徒だと判明した彼女は、あれからちょくちょく、こうしてこのクラスへと遊びに来るようになっていた。例の『パンツ返して』発言が尾を引いていたせいで最初は奇異の視線ばかりを集めていたものの、今となっては『単に変わったヤツなのでは』という意見がそれを相殺《そうさい》しつつあるらしい。

淡々とした視線が癖になる、とかで、コアなファンまでいるようだ。

「ゆきなのおみまい、でしょ？」

そんな隠れ人気女子・三辻は、一度頷《うなず》いてから再びゆっくりと口を開いた。

「わたしもいきたい」

「え？　でも……お前、なんか雪菜《ゆきな》と仲悪くないか？」

そう。理由はよく分からないが、雪菜は未《いま》だに〝パンツ事件〟を根に持っている節があるんだ。そのせいもあって、三辻との関係はイマイチ良好とは言い難《がた》い。

けれど三辻は、俺の懸念を他所《よそ》に自信ありげな様子でこくんと首を縦に振った。

「ん、そう。よくない。だからこのきかいに、しとめる」

「仕留めるって……単語選びのセンスが気になるとこだけど、まあ言いたいことは分かった。でも、あいつ結構ひどい風邪《かぜ》みたいだからさ。今日は止《や》めといた方がいいぞ」

「もんだいない。こう見えてもわたし、びょうじゃくだから」

「……ん？　俺、今なんか聞き間違えたか？　病気に強いから、とかじゃなくて？」

「とかじゃなくて。ものすごく弱いから、逆に、風邪くらいにちじょうさはんじ。いかなくてもどうせ引く。つまりわたしこそ、さいきょう。むてき。……てんさいのしょぎょう」

「…………」

身体《からだ》の弱さでここまで自慢できるヤツも珍しい。

何だか少しだけイラっとしたので、ぼそっと小声で茶々を入れてみることにした。

「……前のゲームで負けたから〝無敗の戦姫《せんき》〟じゃなくなったくせに」

「………………………………」

「って怖いから！　無言のままぐいぐい近付いてくるの超怖いから！　悪かったたって！」

鼻が触れそうな位置まで近付いていた三辻の両腕を鷲掴《わしづか》みにし、どうにか元の位置まで押し戻す。が、繊細にして苛烈な瞳はなおもじぃぃっと俺を穿《うが》つばかりだ。もはや投降以外の選択肢なんか許してもらえそうにない。

「…………、はあ」

こうして俺、春風《はるかぜ》、三辻にスマホの中の鈴夏《すずか》を加えた、雪菜のお見舞い強行パーティーがここに完成した。

♯

「やあやあ。こんなところで会うなんて奇遇だね、キミたち」

通学路上のスーパーで諸々《もろもろ》の買い出しを済ませ、のんびり雪菜《ゆきな》の家へと向かうその最中《さなか》。とある公園に差し掛かったところで、ふと頭上からそんな声が降ってきた。

「――っと」

微《かす》かな呼気が漏れると共に、とさっと軽い着地音が耳朶《じだ》を打つ。

見慣れた灰色パーカーにホットパンツ。顔の上半分をフードで覆《おお》い隠し、唯一まともに見える口元には棒付きキャンディーを咥《くわ》えた住所不定無職《アクティブニート》――瑠璃《るり》先輩のお出ましだ。

「わ。……びっくり」

相変わらずダイナミックな登場シーンに隣の三辻《みつじ》は驚いているらしい（ちなみに表情に変化は見られない）が、慣れというのは怖いもので、既にこの光景を何度か見ている春風《はるかぜ》は普通に「こんにちは瑠璃さん」なんて挨拶しながら柔らかな笑顔を返している。

俺もそうすることにした。

「どーもです、先輩。今日はそっちなんですね」

「そっち、というのは？　ああ、今日の下着《ショーツ》は清楚《せいそ》な白じゃなくてアダルティな黒を選んだんですね、ということかな？　……おかしい。スカートを穿《は》いているわけでもないのに何故《なぜ》そんなことが分かるんだろう。キミはいつから透視能力者《エスパー》になったんだい？」

「いえ、そんなことは一言も言ってないですけど」

「じゃあひょっとして、今日は危険日じゃなく安ぜ――」

「そんなことも！　言ってないですけど！」

　からかうように紡がれる言葉を遮りながら、俺は一歩だけ前に出た。決して春風の視線が痛かったからじゃない。いつも口の中に飴《あめ》を含んでいる関係上、先輩の声が聞き取れる範囲はそう広くないからだ。……いや、本当に、言い訳とかじゃなくて。

「違いますって。ただ、今日は姫百合《ひめゆり》モードじゃないんですね、って言いたかっただけです。最近、あっちの方がよく見かける気がするんで」

「ああ、それはそうかもしれない。何せ〝姫百合七瀬《ななせ》〟はボクの理想像だからね。ついつい居心地が良くて〝変身〟の頻度も上がってしまうというものだ。……ところでキミ、聞けば今からあの子のお見舞いに行くそうじゃないか？」

「いや誰から聞いたんですかそれ……って、まあ先輩の情報網が訳分かんないのはいつものことですけど。そうですよ。俺だけじゃなくて春風と三辻も同行です」

「なるほど。そういうことならボクも――と言いたいところだけれど、さすがに大所帯だね。極度の恥ずかしがり屋を自認するボクにはちょっと荷が重い」

　そう言ってフードを少し引き下げると、先輩はちらりと三辻の方を窺《うかが》った。

「……ふむ」

恐らく、先輩のことだから——天道《てんどう》と同じくスフィア先進技術開発部門第三課《フェイク・ウィッチーズ》に所属し、自分の興味を最優先でとことん追求する瑠璃《るり》先輩のことだから、裏ゲームにおいてトップクラスの成績を誇る〝氷の女帝〟にも並々ならぬ執着があるのだろう。

その証拠にさっきからそわそわとリズミカルに全身が揺れている、が……。

「……？　なに？」

「あ、ああ、いや、その、ええと……ん。やっぱり、今日は止《や》めておこうかな」

相変わらず何を考えているのか分からない透明な瞳にじっと見つめ返され、極度の人見知り体質である先輩はそれ以上の会話を断念したらしい。誤魔化《ごまか》すように何度か首を振ってから、再度俺へと向き直る。

「それで、だ。——さっき話した通り、ボクは残念ながらお見舞いに行けそうもない。人見知りが云々《うんぬん》というより、単純にちょっと忙しくてね。だから、申し訳ないけれど言葉だけ……いや、ボクの命とも言うべきこのキャンディーを彼女に渡してくれるかな」

ふと思い立ったようにパーカーのポケットへ片手を突っ込んで、そこからカラフルな紙に包まれた棒付きキャンディーを一本取り出す先輩。彼女はそれを愛《いと》おしげな眼《め》で眺めると、別れを惜しむような手付きで俺の手のひらにちょこんと乗せる。

「……いいかい？　いくら美味《おい》しそうだからって、これを摘《つま》み食《ぐ》いするのは厳禁だ。もしその禁忌に触れたら最後、ボクとキミとの関係はそこまでだと思って貰《もら》いたい」

「!?　いやちょっと重すぎやしないですかその罰則!?　ま、まあ摘み食いなんかしないですけど……こほん。とにかく、ありがとうございます。あいつ、何だかんだで甘いもの好きだし、喜ぶと思いますよ」

「ん、それなら良かった。——ああ、ところで、訊かなくていいのかな？」

「？　……えっと、何を？」

突然先輩の雰囲気が変わった気がして、俺は小さく眉根を寄せた。……やけに意味深な質問だ。いや、瑠璃先輩の場合、意味深なだけで全く意味がないこともあれば本当に核心へと迫っていることもあるから性質《たち》が悪いのだが。

微笑の浮かぶ口元で、キャンディーに付いた白い棒の先がゆらゆらと揺れる。

「いや？　何ということはないよ。今のところはまだ別に。けれど、そもそもボクが忙しくしている、ということ自体、キミにとって良い事態とは言えないんじゃないのかな？」

「え……？　…………ッ!?　先輩、それって——」

「ダメだよ、これ以上は言えない。……けれど、一応忠告だけはしたからね。ほら、あれだよ。こうやって丁寧に伏線を張っておかないと、あとで超展開だって揶揄《やゆ》されそうじゃないか。ボクだってキミに恨まれたくはない。だからここが〝妥協点〟というわけだ」

声音《こわね》だけは終始静かに優しげに、瑠璃先輩の忠告はそこでそっと幕を閉じた。

「…………」

先輩が忙しくしていることの〝意味〟……なるほど、それは確かに不穏な事態だ。スフィア内部で何かしらの動きがあることを単純明快に表している。そして恐らく、その〝動き〟というのは俺にとって厄介極まりないものになるんだろう。

だから——今のうちに精々覚悟を決めておけ、というわけだ。

「………教えてくれて、ありがとうございます」

何とかそれだけ口にして、俺は、ひらひらと手を振って去っていく先輩の背を見送った。

♯

瑠璃《るり》先輩との遭遇から数刻後、雪菜《ゆきな》家で行われた〝お見舞い〟は実に恙《つつが》なく、何の波乱もなく、至極完璧なまま終了した——というのはもちろん嘘《うそ》だ。春風《はるかぜ》はともかく、三辻《みつじ》や鈴夏《すずか》に自重を求めるのはさすがに少し無理がある。

ざっくりとダイジェスト版でお送りすると、

まず三辻は家に着くなり雪菜の顔をじぃいっと無遠慮に覗《のぞ》き込み始めて。

春風は意気揚々とおかゆを作り始めた割になかなか成功せず、見かねた鈴夏が横からオリジナルレシピを紹介しまくるせいで何とも独創性溢《あふ》れる物体Xが爆誕しかけていて。

逃げるように部屋へと戻れば、ちょうど三辻が雪菜の服を着替えさせているところで。

必死で弁解したのも束《つか》の間《ま》、春風に連れられて戻ってきた鈴夏の「ああ、ミツジこの前《あんた》服脱がす練習してたものね、タルミで《それ》」発言により勘違いがさらに加速して。

そのまま半裸の雪菜を中心に実質的な修羅場に突入――するかに思われたのだが、そこで春風が例の〃おかゆらしき何か〃を運んできて全員に配膳。「「「……食べれる」」」「そ、その感想はちょっとひどいですっ」なるやり取りを経てどうにか空気だけは和む、なんていう、凄《すさ》まじくグッダグダな展開に相成ったのだった。

ま、まあ……グダグダとは言っても雪菜は何だかんだで楽しんでいたようだし、三辻に対する態度も後半は柔らかくなっていたように思う。〃雪菜を元気付ける〃というのがお見舞いの目的だったんだから、それは概《おおむ》ね達成されたと言っても良さそうだ。

――というわけで、翌日。六時間目の授業中。

『ふふっ、タルミいっけないんだー。もう不良ね、不良』

俺は、教室最後尾の席という地の利を生かし、机の下で一心にスマホを操作していた。

「……ちょっと連絡するだけだって。頼む、すぐ終わるから静かにしててくれ」

鈴夏のせいで著しく操作性を欠いているキーボードと格闘しながらとある人物へとメッセージを飛ばす。と、数分もしないうちに全ての文章に既読が付き、続けてこんな返信が送られてきた（ちなみに読み上げているのはS○r i じゃなくて鈴夏だ）。

『「――あぁ？　近々裏ゲームが行われる様子はあるか、だ？　知らねえよんなもん。少なくともオレは聞いてねえ。むしろあるならこっちが教えて欲しいくらいだっての。ただでさえ前回はてめーや女帝が——えっと、これちょっと中略するわね——オレは良いんだよオレは。てめーが参加するってんなら——ごめん、もっかい中略——だからな夕凪《ゆうなぎ》、オレが言いたいのは〝塩は邪道。タレ一択〟だっつーことで』ってこれ何の話よ！』

「焼き鳥だろ多分。あと音量うるさいって。バレるバレる」

スマホのスピーカーを指で塞《ふさ》ぎながら小声で鈴夏《すずか》を宥《なだ》める俺。文句を付けたい気持ちは分かるが、あいつはそんな常識が通じる相手じゃない。腹を立てるだけ無駄だろう。

——しかし……裏ゲームが行われる様子はない、か。

昨日の瑠璃《るり》先輩は間違いなく〝それ〟を匂わせていたと思うのだが、どうやら今のところ参加者《プレイヤー》の募集なんかはかかっていないらしかった。ただ、昼休みに確認してみたところ、先輩は今日も学校を欠席している。気を抜くにはまだ少し早い。

「ふう……」

停滞し始めた思考を揉《も》み解《ほぐ》すためにも、俺はその辺りで一旦頭を持ち上げた。水曜六限は英語の時間だ。いかにも教育実習を終えたばかり、みたいな若い女の先生が一生懸命に文法を教えてくれている。

現在完了がどうとか、過去分詞形がどうだとか。

俺もそんな諸々《もろもろ》を理解するため思考回路を切り替えようとした——ちょうど、その時だ。

——キンッ、と微《かす》かな音が響いて、不意に世界が眠りに落ちた。

痛烈な悪寒に襲われて思わず席を立つと、それだけでやけに大きな音が教室中を引き裂いた。一瞬びくっと驚かされるが……よく考えてみれば不思議なことでも何でもない。何せ、誰も彼もが眠っているせいで、室内はしんと静まり返っているのだから。

「…………え？」

普段は決して居眠りなんか許さない学級委員長も。

定期テストでは毎度のようにトップを争う秀才も。

授業が楽しくて仕方ないと言っていた春風《はるかぜ》も——さらに言うなら、さっきまで黒板の上半分に手が届かなくてぴょんぴょん飛び跳ねていたはずの先生までもが、ぐったりと意識を手放して深い眠りについている。

——いや。

「眠ってるっていうより、これ」

ふと思い付いた〝可能性〟を検証するため、俺はポケットにしまっていたスマートフォンを再び取り出した。そしてパターンロックの画面でZ字を——違う、普通にパスを解除してホーム画面を起動する。……その時点で、既に確認は済んでいた。

「いない……」

鈴夏がいない。二ヶ月半も画面の真ん中を陣取っていた彼女の姿がどこにもなくて、代わりに元の使いやすいＵＩが表出している。集団睡眠の類《たぐい》じゃ絶対に説明できない矛盾点だ。そして、だからこそ、もう一つの仮説が一気に真実味《しんじつみ》を帯びてくる。

「もしかして……ログインしてるのか？」

そう、そうだ。

春風《はるかぜ》を含めたクラスの連中は確かに眠っているように見えるが、それは〝スフィアの裏ゲームにログインしている際の、現実世界に残された身体〟の状態にも符合する。俺は今まで誰かと入れ替わる形でしかゲームに参加していないが、普通のプレイヤーならこうなるはずなんだ。それに、その仮説なら鈴夏《すずか》が消えたことにも説明がつく。

「で、でも……だとしたら、ここにいる全員が一斉に強制ログインさせられたってことになる。……有り得るか？　いくらスフィアでもそんな芸当、簡単に出来《でき》ていいはずが——」

ない。

そんな風に続けられるはずだった言葉は、しかし、最後まで発せられることはなかった。

「————ッ!!?」

ガラリ、と、スライドドアが開け放たれる。無音の世界に音が生まれる。

そこから入ってきたのは——とある一人の女性だった。

すらっとした体型に高めの身長。スカートではなくパンツ着用のスーツ姿。烏《からす》の濡《ぬ》れ羽《ば》色《いろ》、といった感じの黒髪は肩上でばっさりと切り揃《そろ》えられ、整った顔立ちは怜悧《れいり》な目付きと相まって機械的な印象を与える。年の頃は二十代後半、といったところだろうか。オフィス街ですれ違っていれば単純に〝格好良い〟と思えたであろう、そんな女性だ。

彼女は、ゆっくりと俺に近付きながら言葉を紡ぐ。

「——こんな芸当が出来るはずはない、ですか？」

「っ……」

「いいえ、それを決めるのは貴方《あなた》ではありません。スフィアは日々進化しています。せっかく鋭い洞察力をお持ちなのですから、多少は直感を信じてみてもいいと思いますよ」

「……だ、だけど、こんなのどうやって——」

「HOW《どうやって》、ということでしたら理屈はROCと全く同じです。単純な操作ですよ？　ここの全員を受け入れられる規模の裏世界《サーバー》を予《あらかじ》め用意しておいて、その上で〝時刻が午後三時になること〟を共通のログイン条件《キー》に設定すればいいだけですから」

——咄嗟《とっさ》に壁の時計に目を遣《や》れば、現在の時刻は午後三時八分となっていた。

個別の〝行動〟ではなく〝時間〟依存のログイン条件……なるほど、それなら確かにこの状況も説明できる。外部の要因で勝手にゲーム世界に放り込まれてしまうんだから、クラス全員が同じタイミングで倒れ伏すのも当然の結果と言えるだろう。

そう、納得しかけたのだが。

「いいえ、その認識は間違いです。あるいは不十分と言ってもいい」

「……不十分？」

「はい。クラス全員が、ではあまりにも視点が局所的です。何せ今現在、スフィアのゲームサーバーに意識を送り込んでいるのは、この学校内に存在する貴方以外の全員——約2250名、全員ですから」

「は——？」

もう何が何やら滅茶苦茶《めちゃくちゃ》だった。

ここにいる連中だけじゃなく、学校の生徒全員がログインさせられている……？　何のために？　裏ゲームへの参加権なんて誰も持っていないはずなのに、参加の意思なんて誰も示していないはずなのに、強制的に2000人以上を巻き込んだ意図は何だ？

「…………」

動揺と混乱を抑えるため、右手をそっと首筋に添える。

教室後方に視線を遣《や》って、春風《はるかぜ》の幸せそうな寝顔を再度この目に焼き付ける。

「状況は、呑《の》み込めましたか？」

「……ああ。訊《き》きたいことは山積みだけど、とりあえず、会話が出来《でき》そうなくらいにはな」

「それは良かった。貴方《あなた》が聡明《そうめい》な方で嬉《うれ》しいです」

女はちっとも嬉しくなさそうな顔でそう言って、スーツの胸元に片手を遣った。

そうして礼儀正しく丁寧に——あるいは慇懃無礼《いんぎんぶれい》に腰を折る。

「自己紹介が遅れましたね。改めて——私は星乃宮織姫《ほしのみやおりひめ》。裏ゲーム統括指揮権、電脳神姫《バグナンバー》の管理責任全権、及び現在の株式会社スフィアにおける総《すべ》ての意思決定権等を任されている者です。……そうですね。もし難しければ、スフィアの実質的トップだとでも思っていただければそう間違ってはいませんよ」

「————」

よろしくお願いしますね、とビジネススマイルで握手を求める彼女に対し、俺はろくなリアクションも取れずにただ硬直するしかなかった。

＃

……これは、後に瑠璃《るり》先輩から聞かされた話だが。

スフィアの幹部には序列という概念《モノ》が存在しないらしい。

例えばかつての朧月詠《おぼろつくよみ》は天道白夜《てんどうびゃくや》に対して異常な劣等感を抱いていたが、それでもスフィア内での地位は同列だった。他の幹部についても同じことだ。互いに互いを認めているからこそ、互いに互いを認めたくないからこそ、彼らは対等な関係を維持している。

ただ一人——星乃宮織姫を除いて。

彼女だけは、特別だ。一握りの天才が集められたスフィア幹部の中にあって、依然として霞《かす》まない天性の才能。あまりにも桁違いだったがゆえに嫉妬すらされず、ただただ〝別格〟として位置付けられた生ける伝説。

けれど、それも無理からぬことだろう。彼女はどうしたって特別扱いされるべき存在だ。何せ――全てが謎に包まれていたエニグマコードを最初に〝解明〟し、AIに組み込むことで電脳神姫〝一番機〟を生み出したのが、何を隠そう星乃宮織姫《ほしのみやおりひめ》なのだから。

「………それで？」

星乃宮の自己紹介を聞き終えた俺は、あくまで平静を装いつつゆっくりと口を開いた。

「結局、これはどういうことなんだよ。挨拶にしちゃ乱暴すぎるだろ」

「乱暴？　いえ、彼らに対して直接的な危害は加えていませんが」

「……それはこいつらが〝人質だから〟じゃないのか？」

「人聞きが悪いですね。そんなつもりはありませんよ、少なくとも今のところは」

静かに首を横に振る星乃宮。……答えとしては最悪の部類だ。彼女の〝気分《つもり》〟一つでここにいる全員をどうとでも扱える、という実質的な支配宣言に他ならない。

「随分と穿《うが》った物の見方をするのですね……ふふ」

そんな俺の内心を汲《く》み取《と》ったのか、彼女は微《かす》かに笑みを零《こぼ》した。

「分かりました。ここまで身構えられると私も少しやり辛《づら》いですし、そろそろきちんと説明いたしましょう。まずは、私が出てきた理由から」

「……ああ」

「こちらについては簡単です。貴方《あなた》が二つのゲームを通して私たちから奪った至宝――電《バグ》脳神姫《ナンバー》二番機、及び五番機。それらを返していただきたく思ったもので」

「っ…………！」

ああ――ああ、なるほどな。確かに、いつか来るとは思っていた。

電脳神姫はスフィアにとっても未知の部分だらけの最新技術《イレギュラー》で、その研究的な価値には計り知れないものがある。易々《やすやす》と手放せるものではないはずだし、ましてや部外者の俺が二人も抱え込んでいるなんて現状はまさしく言語道断というヤツなのだろう。

――だけど、

「……お前らの不甲斐《ふがい》なさで失っておいて、必要だから返してっていうのは……ちょっと自分勝手なんじゃないのか？」

「ええ、もちろん理解しています。あの二機の所有権は間違いなく貴方にある。それは認めましょう。ただし――その場合、前提として電脳神姫の所有権がゲームの結果によって、動き得ることを認めていただかなくてはなりません。違いますか？」

「それは……そう、だけど。……待て。じゃあ、まさかこの状況そのものがゲームだっていうのか？」

深い眠りに落ちた教室をぐるりと見渡しながら訊《き》き返す。

学校内の全生徒が強制ログインさせられている現状……これが彼女《スフィア》にとって、春風《はるかぜ》と鈴《すず》夏《か》を奪い返すための〝ゲーム〟？　そういうことか？

「はい、そちらについても説明しましょう。……ですが、その前に」

星乃宮《ほしのみや》はそこで一旦言葉を切ると、静かな足取りで教卓の前へと歩を進めた。そしてそこから——教室で一番高い位置から室内を見下ろし、両手を広げて滔々《とうとう》と語り始める。

「実に……実に、素晴らしい光景だとは思いませんか？」

「…………は？」

「よく考えてみてください。今ここで眠っている彼らは、全員が、現実世界での意識を失ってゲームの世界《なか》へと入り込んでいます。そう、貴方《あなた》も知っての通り、精巧で完璧に創られた偽物の世界に。……そして、そこの管理者は私たちスフィアです。つまり、私たちが許可しない限り彼らはログアウトすることが出来《でき》ず、私たちが情報を開示しない限り、彼らはそもそも自身がゲームの中にいるのだということすら知覚が出来ない。

これがどういうことか分かりますか？　……ふふふ、やはり貴方は聡明《そうめい》です。

今はこの学校だけが適用範囲ですが、条件が揃《そろ》えば——私の下にエニグマコードが全て揃えば、この規模は飛躍的に拡大することでしょう。日本中を、あるいは世界中を覆《おお》い尽くすことが出来るかもしれません。

もしも、それが実現できたとしたら。あらゆる人を〝連れて〟いけるのだとしたら。

それって——世界を征服したのと一体何が違うんでしょう？」

「な……!?」

——まさしく〝異常〟の一言だった。

世界征服……？　まさかこのご時世にそんな単語を聞くことになるとは思いもしなかった。しかも単なる妄想じゃなく、本当に達成できてしまいそうな辺りが恐ろしい。確かにゲームにログインしたことにさえ気付けないなら現実もゲームも同じことだ。そしてゲームの中でなら、スフィアは絶対的な支配者になり得る。世界を手中に収められる。

荒唐無稽《こうとうむけい》で滅茶苦茶《めちゃくちゃ》な、実に馬鹿げた規模《スケール》の〝野望〟。

そんなモノが……ただ俺がゲームに負けるだけで、春風と鈴夏を奪われるだけで簡単に実現されてしまうのか？

「別に、信じられなければそれでも構いませんよ。冗談だと思いたいのならそう思い込んでいただいても一向に。どうせゲームが終われば嫌でも自覚することになりますから」

「っ……い、いや、ちょっと待て。だとしたら、俺がこっちに残ってるのはどうしてだ？世界を征服するんだろ。なら俺だって例外じゃないはずだ」

「いいえ、貴方は例外ですよ。むしろ貴方が例外でなければ誰が例外だと言うのですか」

「え……？」

思わず怪訝《けげん》な顔を浮かべる俺。対する星乃宮《ほしのみや》は可笑《おか》しげに口元を緩ませながら続ける。

「覚えていますか？　貴方《あなた》が参加したかつての裏ゲーム。まだ誰もエニグマコードの制御方法を知らない頃、半ば強行採決で行われた最初のゲーム。……あのゲームは、今のように〝コードの断片を持つ電脳神姫《バグナンバー》〟を介してではなく、〝コード全文〟を直接作用させることで運用されていました。だからこそコードの影響は非常に強く、参加者の多くは正気を失った。スフィア史上最大の被害者を出した暴走事故です」

「……他人事《ひとごと》みたいに言うんだな」

「気に障《さわ》りましたか？　実際、私はあのゲームに関与していませんから、全て人伝《ひとづて》に聞いた話でしかないのです。……が、それは一旦置いておきましょう。実態はともかく、貴方はそんな悪魔のゲームに参加していた。それも最後まで正気を保ったまま駆け抜けた。

――断言しましょう。貴方はこの世界で最もエニグマコードの影響を身体に浴びた人間です。深く深くコードに侵食されている。あるいは〝感染〟している。

だからこそ……貴方だけが、こうして例外的な存在になり得るのです」

「だからこそ……？　どういう意味だ？」

「そのままの意味、ですよ。……貴方がここに残っているのは偶然ではありません。私の計略ですらありません。貴方は、ただ貴方自身の特殊性ゆえに――より正確に言えば、貴方を侵《おか》しているエニグマコードの〝複製防止機能〟ゆえに裏ゲーム用のアバターを作ることが出来ず、正規の方法で裏世界にアクセスすることが出来ないのですから」

「っ――――！」

　脳天を思いきりぶん殴られたような衝撃だった。

　そうか……そうか、そういうことだったのか。

　だから俺は、今までスフィアの裏ゲームに参加する度あんな面倒な状況に陥っていたのか。春風《はるかぜ》と入れ替わったＲＯＣ。鈴夏《すずか》と入れ替わったＳＳＲ。もちろんどちらのゲームにもＧＭの思惑は潜んでいたが、それ以前の問題として、俺はそもそも誰かに身体を借りない限り裏ゲームにログインすることが出来ない仕様だったというわけだ。

　そして、そうなった諸々《もろもろ》の元凶が〝エニグマコード〟。

　どうしても叶《かな》えなきゃいけない願いを持って飛び込んだかつての裏ゲームで――春風や鈴夏が生み出される前に行われた原初の悪夢で、そんなよく分からない〝何か〟が俺の身《から》体《だ》に干渉しやがったということらしい。

「…………」

　想像もしていなかった情報に思わず俯《うつむ》いて黙り込む。……混乱と納得、動揺と理解が同時に押し寄せてくるせいで感情の整理が大変だった。けれど、少なくとも後悔はない。もしやり直す機会があったとしても、俺は同じ行動を取るはずだ。

だから……そんなことより、今重要なのは星乃宮が電脳神姫一番機の製作者だという事実の方だった。

彼女の話によれば、暴走を起こした初回の裏ゲームとは違い、現行のゲームは電脳神姫《バグナンバー》の力を用いて管理しているらしい。ということはつまり、これほどまでに訳の分からないエニグマコードを最速で解析し、電脳神姫という形に成熟させ、あろうことか裏ゲームを正式稼働させ始めた張本人こそが星乃宮織姫だということになる。

ああ、それは——紛《まぎ》れもなく、天才《バケモノ》だ。

「……どうやら、大まかな状況は理解していただけたようですね」

俺の沈黙をどう捉えたのかは知らないが、星乃宮《ほしのみや》は必要以上に淡々と口を開いた。

「今言った通り、貴方《あなた》はスフィア始まって以来の異端者《イレギュラー》です。本来なら存在するはずのなかった立ち位置かつ役回り。しかしそれ故《ゆえ》に、元のシナリオには含まれなかった例外的存在であるが故に、私たちと対立できる余地がある。

だから——

だから——ゲームをしましょう。

私が欲しいのは貴方の持つ電脳神姫二番機、五番機。私が捧《ささ》げられるのは同じく電脳神姫一番機〝秋桜《コスモス》〟。お互いに電脳神姫を賭《か》け合い、そして奪い合うのです。私が勝てばその時点でエニグマコードは全て揃《そろ》い、世界はスフィアによって支配されることになる。ですが、貴方が勝てばもちろんそうはなりません。私の野望である〝世界征服〟は未然に防がれ、加えて貴方はいつも通り〝何でも一つ〟の報酬を得る。

つまり――そう、何もかも奪い尽くすまで。

どちらかが完全に膝《ひざ》を突いて、どちらかが徹底的な勝利を得るまで。

――貴方と私で、戦争《ゲーム》をしましょう？」

＃

「と、いうわけで……一日ぶりだね、キミ。元気にしてたかい？」

星乃宮織姫《おりひめ》による〝ゲーム〟の申し出を受諾し、『進行役が来るまで少し待っていてください』との指示に従って五分ほど時計の針を睨《にら》んだ頃。

ガラリとドアを開けて教室内に入ってきたのは、パーカー姿の瑠璃《るり》先輩だった。

「てへ、来ちゃった♪」

「……どうも。まあ、元気っちゃ元気ですよ、俺は」

「え。……あ、あれ？　その反応はちょっと酷《ひど》くないかな。これじゃいきなり語尾に♪とか付け始めたボクが可哀想《かわいそう》な子みたいじゃないか」

「いや……あれだけ分かりやすいフラグ立てられたら誰だって予想できますよ。これで出てきたのが先輩じゃなくて天道《てんどう》、とかならお望みの反応が出来《でき》たかもしれませんけど」

「ああ、なるほどそっちが正解だったか。これはボクの作戦負けだね、うん」

何故《なぜ》かちょっと悔しそうに首を振る先輩。……作戦が違えば天道《てんどう》が来ていた可能性もあったのだろうか。そうなると、先輩が来てくれたことにもっと感謝すべきかもしれない。

「まあそんなことより――どうだろう？　キミ、今のボクを見て何か感想はないのかい？」

「……感想？」

鸚鵡《おうむ》返しに尋ねる俺に悪戯《いたずら》っぽい笑み（ただし口元しか見えない）を返しながら、先輩はその場でくるりと回ってみせる。

しかし、感想と言われても……正直、いつも通りのパーカー＆ホットパンツスタイルとしか思えない。大胆に露出させられた太腿《ふともも》が割とエロいけど、それはいつものことだから関係ないだろう。とすると、きっと傍目《はため》からは判断が付かない部分で、

「――その髪、似合ってますね？」

「切ってない。……全く、馬鹿かキミは。勘で女性の髪を褒めるとは良い度胸じゃないか」

「ぐっ…………す、すいません」

「仕方ない、それじゃあ教えてあげよう。普段からボクをつぶさに観察していれば簡単に分かることだよ？　というのも――実は、今日のボクは、頬がいつもの二割増しで赤い」

「……頬《ほお》が、赤い？」

「うん。それも二割も、だ。……考えてもみてくれ。いくら寝ているとは言えこんな大勢の他人に囲まれているんだよ？　発汗、発熱、発情の三重苦《トリプルパンチ》だ。立っているだけでどうに

かなってしまいそうなくらい身体《からだ》が熱くて、だからこそ今のボクはきっと非常に色っぽく見えているんじゃないか、と……あ、マズい。意識し始めたら急に恥ずかしくなってきた。みんなボクを見てる……見て……あぅ…………み、みないでっ」

突然呼吸を乱したかと思えばへなへなと座り込み、両手でぎゅうっとフードを引き下げる瑠璃《るり》先輩。か細い声音《こわね》や弱々しい仕草はいつもの飄々《ひょうひょう》とした態度からは想像も付かないくらい〝女の子〟で、だから、俺は何となく視線を逸《そ》らして首筋を掻《か》くしかない。

……なんか調子狂うな、これ……。

「————し、失礼。ちょっと、いや、大分取り乱したみたいだ」

結局、先輩が立ち直ったのはそれから十分近くが過ぎてからのことだった。

そのあいだ星乃宮織姫《ほしのみやおりひめ》は一切口を開かなかったが、手持ち無沙汰を紛《まぎ》らわすためか、今は黒板の脇に背を預けて軽く寄りかかるようにしている。

そんな彼女にちらりと視線を遣《や》ってから、瑠璃先輩は小さく一つ咳払《せきばら》いした。

「気を取り直してチュートリアルを始めることにしよう。ほら、キミも早くこっちに」

先輩の手招きに従って教卓へ足を運ぶ。——と、

「お。これって」

そこにはすっかり見慣れたスフィア製の〝端末〟が一台置かれていた。現実世界《こちら》で目に

するのは初めてだが、ＲＯＣやＳＳＲで散々お世話になったタイプのものだ。特に印象的な点として、中心部に菱形《ひしがた》の宝石らしきものが埋め込まれているのが見て取れる。

「えい、っと」

先輩が軽く表面を撫《な》でると、その端末はブゥンと音を立てて起動した。

最初に展開されたのはいつもと同様の小型投影画面だったが、徐々に拡大していき、やがて黒板全体に重なるほどの大きさとなる。

「……なるほど、簡易的なスクリーンってわけですね」

「そういうこと。まあ見やすさ重視ってところかな――それじゃあ、改めて。

ボクは瑠璃《るり》だ。このゲームの進行管理、調停、及び監督役の大任を預かっている。

今回キミと彼女に――いや、世界を賭《か》けた大事なゲームなんだからきちんと名前で呼ぶことにしようか。今回、プレイヤー名【垂水夕凪《たるみゆうなぎ》】とプレイヤー名【星乃宮織姫《ほしのみやおりひめ》】に参加してもらうのはE.x. Unlimited Conquest――略してＥＵＣ。

簡単に言ってしまうと、電脳神姫同士の〝鬼ごっこ〟だ」

先輩の声と同時に画面がパッと切り替わり、ＥＵＣの三文字が黒板の中心に映し出された。……音声入力による操作でも採用されているんだろうか。仕組みはよく分からないが、ともかく細かいルールに関しては文章《テキスト》で確認した方が理解しやすそうだ。

それにしても――鬼ごっこ、と来たか。

「やけに直球な勝負内容《ゲーム》ですね……これ、そのままの意味で捉えていいんですか？　何かの比喩とかじゃなくて」

「うん、問題ないよ。細かいルールは後に回すけれど、ＥＵＣの基本形は今キミが思い浮かべているもので正解だ。言葉通りの鬼ごっこ。ただ、そこに〝チーム制〟という概念が新しく加わることになる」

「……チーム制？」

「ああそうだ。――まず、キミたち二人のプレイヤーは自身の〝陣営《チーム》〟に所属する電脳神《バグナン》姫《バー》に指示を出し、相手陣営《チーム》の電脳神姫を〝捕獲《キャプチャー》〟する。それに成功すると、捕まえた電脳神姫を自身の陣営《チーム》に加えることが出来《でき》るんだ。そんな操作を繰り返していって、最終的に全ての電脳神姫を自軍に揃えたプレイヤーが勝者となるってわけ」

「ん………」

頭の中でゆっくりと先輩の言葉を咀嚼《そしゃく》しながら、俺は、視線を黒板へと向けた。

《裏ゲーム名称：E.x. Unlimited Conquest》
《勝利条件《クリア》：【プレイヤー】一人が全ての【キャラクター】を自身の陣営《チーム》に加えること》
《【プレイヤー】とは【垂水夕凪《たるみゆうなぎ》】及び【星乃宮織姫《ほしのみやおりひめ》】を指すものとする》
《【キャラクター】は〝ＥＵＣの端末を持つ全ての電脳神姫〟を指すものとする》
《各【キャラクター】の所属陣営《チーム》は、端末表面の〝宝玉〟が放つ光によって区別される》

「……なるほどな」

どうやらこの菱形《ひしがた》の石は〝宝玉〟というらしい。

今はくすんだ灰色を纏《まと》っているだけの単なる飾りでしかないが、ゲームが始まって春風《はるかぜ》たちが端末を装着すれば、ここに所属する陣営《チーム》の色が灯《とも》るということなんだろう。

「要は、宝玉の色で〝チーム分け〟をする、ってことですよね」

「そういうこと。ちなみにキミのチームは青色、織姫様のチームは赤色に設定されているみたいだよ。だから【キャラクター】全員の宝玉を〝青く〟光らせればキミの勝ちだ」

「で、そのためには星乃宮サイドの電脳神姫を〝捕獲《キャプチャー》〟していく必要があると。……何か、あれですね。鬼ごっこは鬼ごっこでも〝両方が鬼役の増え鬼〟みたいな」

「もしくは〝泥棒側にも攻撃能力がある警ドロ〟と言ってもいいかもしれない。まあ、イメージが掴《つか》めるなら別に何でもいいんだけどね。――それで、どうかな？　現時点で質問があればいくらでも受け付けるよ？」

「そう……ですね」

じゃあ一つだけ、と、俺は静かに人差し指を立てた。

「〝電脳神姫を全員揃《そろ》える〟っていうのが勝利条件みたいですけど、それなら電脳神姫三番機、とか四番機、みたいな連中もゲームに参加するってことですか？」

「ああ、それか」

俺がこの質問をすることは最初から想定していたんだろう。瑠璃《るり》先輩は鷹揚《おうよう》にこくりと頷《うなず》くと、フードに隠れた視線を背後の星乃宮《ほしのみや》に投げかけた。

するとは彼女は何でもなさそうにこんな答えを返す。

「そちらについてはご安心を。三番機、及び四番機に関しては、今回のゲームには一切参加いたしません。文面《テキスト》で明言するなら……そうですね。《電脳神姫三番機及び四番機《バグナンバー》は端末を持つことが出来《でき》ず、ＥＵＣへの参加権利を持たない》とでもしておきましょうか」

「……なるほど。参加すらしないのか」

「はい。こちら側の初期メンバーを増やすのはやはり不公平ですから。……というわけで、全ての電脳神姫を揃《そろ》えるとは言っても参加しているのは実質三機のみ。貴方《あなた》に限って言えば、私の〝一番機〟を――秋桜《コスモス》を捕獲するだけですぐにクリアですよ」

『これならちょうどいいハンデでしょう？』とばかりに微笑を湛《たた》え、真《ま》っ直《す》ぐに俺を見据える星乃宮。何かを試すようなその瞳に、俺は小さく舌打ちをする。

「ハンデ……ね。舐《な》められてるのは正直気に入らないけど、まあ、くれるって言うなら貰《もら》ってやるよ。――ん？　でも、ちょっと待て。電脳神姫はそもそもスフィアが作ってるんだろ。だったら、ゲームが始まってからでも増やしたり出来るんじゃないのか？」

「……本当に悪知恵が働く人ですね、貴方は。そのような手を打つつもりは毛頭ありませんが――仕方ありません。瑠璃、基礎ルールに《このゲームにおける【電脳神姫】とは当ル、ル、ル制定時点でエニグマコードの断片を保有する者を指す》と追加を」
「うん。了解したよ、織姫様《おりひめさま》」

瑠璃先輩が何やら虚空に手を躍らせると、それだけで星乃宮が口にした通りのルールが黒板に記載されていった。……現時点でエニグマコードの欠片《かけら》を所持する存在こそが〝電脳神姫〟。後続機の参入を防ぐための牽制《けんせい》に過ぎないからか、ＡＩがどうとかスフィア製がどうとかいった縛りは特にないらしい。

……あれ？　ということはつまり、もしかして――

「あー……あのね、キミ。食い入るようにテキストを読んでくれているところ悪いけれど、キミは単に侵食されていいるだけだからね。コードの断片を直接埋め込まれている電脳神姫とはワケが違うから。そんな『俺がプ○キュアだった……？』みたいな顔しなくていいよ」

「……いやいや、まさかそんなことは」

ちょっとだけしか考えてない。

ま、まあ、とにもかくにも、これで星乃宮側《サイド》が不正を働ける余地はなくなった。ＥＵＣに参加する電脳神姫は春風《はるかぜ》、鈴夏《すずか》、それから一番機――秋桜という名前らしい――の三人で打ち止めだ。中でも春風と鈴夏は既に俺の陣営《チーム》にいるわけだから、星乃宮の言う通り、後は秋桜さえ〝捕獲〟できればその時点でゲームは終了《クリア》となる。

「大まかには理解できたと思います。……でも先輩。これ、ちょっと簡単《シンプル》すぎませんか？」

「ん、そう思うかい？　それならちょうど良かった。まだ本題が残っているんだ」

「あー……なるほど。ですよね、はい」

案の定な答えに肩を竦《すく》めて応じると、先輩は飴《あめ》を含んだ口元を微《かす》かに緩めてこう続けた。

「〝ルール制定ルール〟——それがEUC《このゲーム》一番の肝だ。キミたち【プレイヤー】は一日に一度、EUCに新たなルールを追加する権利を持っている。それは自分を有利にするルールでもいいし、相手を不利にするルールでもいい。とにかく〝その時点で有効な他のルール〟に反しない限り、自由自在に制限《ルール》を——あるいは仕組み《ルール》を作ることが出来《でき》るんだ」

「……えっと、つまり……ルールを、自分たちで組み上げていくってことですか？」

「うん、そういうことだね」

小さく頷《うなず》く先輩を見遣《みや》りながら、俺は右手をそっと首筋に添えた。

一日に一度ずつ与えられる〝追加ルール〟の決定権。これを俺と星乃宮《ほしのみや》の二人で行使していって、元は〝ちょっと特殊な鬼ごっこ〟でしかないEUCを徐々にカスタマイズしていくわけか。……なるほど、なかなか面白い。

「でも——その追加ルールって、本当に何の制限もないんですか？　他のルールに反しないように、とは言ってましたけど、それだけなら、例えば〝相手チームの電脳神姫《バグナンバー》は全員動けない！〟みたいな滅茶苦茶《めちゃくちゃ》なルールでも通るってことになりますよね？」

「ああ、それはもちろん通るよ。何と言っても完全自由、だからね。――ただ」

そこで一旦言葉を止めると、先輩は小さい歩幅で一歩分だけ俺に近付いた。そうして何《な》故《ぜ》か意地悪っぽく口元を歪《ゆが》めては斜め下から俺の顔を覗《のぞ》き込んでくる。

「ルールの制定は両プレイヤーが一日に一度行う、とボクは言った。この〝ルール決定フェイズ〟はね、毎日一番手と二番手を入れ替えながら進めていくんだ。今日はキミから彼女の順で、明日は彼女からキミの順。同時にじゃなく順序がある。

そして――非常に重要かつ必然的な設定として――二番手が定めるルールは、一番手が定めたルールより強くなっちゃいけないんだ」

「強くなっちゃいけない……？　ええと、それは、要するに〝二番手としてルールを作る場合は一番手が設定したルールの規模に合わせなきゃいけない〟ってことですか？」

「その認識で問題ないよ。……多分、こうでもしないとEUCは数秒で終わるからね」

「……ああ。まあ、確かに」

初日の一番手を取って〝もはやどう足掻《あが》いても勝てない〟くらい有利なルールを決めてしまうか、あるいは二番手で〝一番手のルールを引っ繰り返しつつ潰し切る〟状況を捻《ひね》り出せるか、というだけの勝負になる可能性が高いからな、その場合。

そんな〝開幕ゲー〟を回避するための仕様が、この相互牽制《けんせい》システムというわけだ。

「あ、じゃあもしかして、瑠璃《るり》先輩がそれを判定する役、とかですか？」

「ん？　ああ」

ふと思い至って尋ねてみると、目の前の先輩はうむうむと満足げに頷《うなず》いた。

「さすがに理解が早いね。そう、その通りだ。これからルールの〝強さ〟や〝規模〟みたいな抽象的な概念を計るために判定用の端末を使うんだけど——でも、これを操作するのが見ず知らずの〝敵《スフィアの誰か》〟じゃキミも安心できないだろう？　そこで、あくまで〝中立派〟を自称しているボクに白羽の矢が立ったというわけだよ」

そう言ってくすりと大人っぽい微笑を浮かべ、先輩はすっと俺から身体《からだ》を離す。

「ま、とにかく説明としてはそんなところかな。ルールの判定はボクの責任で公正に行うから安心してくれ、というのと……ああそうだ、それからもう一つ。

これは処理上の話になるんだけど、ルールを設定するときにはその都度〝自分の陣営《チーム》の電脳神姫《バグナンバー》〟を一人選んで貰《もら》うことになる。そして——いいかい？　そのルールが効力を持つのは、制定時に選んだ電脳神姫が自分のチームに所属している間だけだ」

「……？　ってことは、例えば春風か鈴夏が相手チームに〝捕獲〟されたら、それまでに作ったルールも同時に消えるってことですか？」

「うん、そう。もちろん逆も然《しか》りだけどね。キミが織姫《おりひめ》様から一番機を奪えば——まあ先に誰かしら奪われていない限りはそこでゲーム終了《クリア》なんだけど——彼女が一番機に設定していたルールは全て消える。だから、イメージとしては〝賭け《ベット》〟みたいなものかな」

「……賭《か》け、か」

ルールの追加時に電脳神姫を一人選出する必要があり、そいつが相手チームに捕獲されてしまうと該当するルールも消えてなくなる――なるほど、確かにそれは〝賭け〟と呼ぶのに相応《ふさわ》しい仕様だ。ゲームが始まってすぐにどうこう、というものではないのかもしれないが、頭の片隅くらいには残しておいた方が良いだろう。

「…………」

先輩の説明を最後まで聞き終えたところで、一旦情報を整理してみることにする。

今回のゲーム――ＥＵＣはチーム制の鬼ごっこだ。プレイヤーである俺と星乃宮《ほしのみや》は、自分の陣営《チーム》の電脳神姫に指示を出しながら相手のそれを捕まえる。そうして全員を自軍に揃《そろ》えた方が勝ち、というシンプルなルールが基本形……だが、一つ独特《ユニーク》な点として、そこに両プレイヤーが設定できる〝追加ルール〟が毎日積み重なっていくことになる。

つまり、現時点では、ゲームがどう展開していくか一切予測が立てられない。

「――ん、そこまで分かっているなら充分だ」

しばらく俺の表情を見つめたまま黙っていた先輩は、不意にそう言って頷くと教卓の上の端末を手に取った。そして少しだけ愉《たの》しげにその口元を歪《ゆが》ませる。

「ここから先の細かい説明とか、端末の仕様とか、そういうのは実際にやってみないとピンと来ないと思うから――とりあえず、これで始めようか」

「え？　でも……それじゃ」

「——一日目は〝チュートリアル期間〟ということで構いませんよ」

そこで、今まで進行を先輩に任せて黙り込んでいた星乃宮《ほしのみや》が唐突に口を挟んできた。

「今日に限って、全【キャラクター】の端末色を固定します。もし《捕獲《キャプチャー》》が発生したとしても陣営《チーム》の変更は起こらない。ですので、思う存分色々と試して——まだ慣れていないから、だなんてお粗末な言い訳が出来ないようにしておいてくださいね？」

「っ…………！　……ああ、分かった。それでいい」

壁に背を預けたまま挑発的な言葉を投げかけてくる星乃宮に対し、俺は、凄《すさ》まじいまでの〝圧〟を感じながらも退《ひ》かずに視線を押し返した。

E.x. Unlimited Conquest——ＥＵＣ。

ざっとルールを確認した限り、このゲームに特別不平等な部分は存在しないように思える。少なくとも俺の目からは全然だ。理不尽さ加減で言えば、ＲＯＣやＳＳＲの方がよっぽど絶望的な状況からのスタートだっただろう。

それならきっと、ＥＵＣはやり方次第でちゃんと〝勝てる〟ゲームのはずだ。

間違えなければ、ミスをしなければ、きちんと〝攻略できる〟ゲームのはずだ。

……………そう、だよな？

「ＯＫ、それじゃあ両【プレイヤー】の同意も得られたことだし早速ゲームを始めよう」

微《かす》かに生じた俺の懸念なんか気にも留めず、瑠璃《るり》先輩はキャンディーの棒を揺らしながら静かに口火を切った。それに合わせて星乃宮もすっと壁から背を離す。俺は俺で、思考を切り替えるために軽く頭を振っておく。

……何か引っかかったような気がしたんだけど、とりあえず今は後回しだ。

「判定役として尋ねるよ。ＥＵＣ一日目追加ルールの申請を――一番手から、どうぞ」

そして、初日に定めておくべきルールなら、もうとっくに決まっていた。

「俺が欲しいのは時間の制限だ。何時間もぶっ通しでゲームを続けさせられたらさすがに身が保《も》たない。だから、テキストの定型に合わせれば――《時間制限ルール：ＥＵＣのプレイ時間は毎日ゲーム開始から三時間に限定される。ベット対象：鈴夏《すずか》》」

「なるほど、なかなか妥当な要求ですね。であれば私は、本来なら基礎ルールに含まれるべき事柄をここで消費することで貴方《あなた》への謝意を表しましょう。

すなわち――《鬼の交代制ルール：一日のプレイ時間のうち、最初の一時間半を【垂水《たるみ》夕凪《ゆうなぎ》】陣営《チーム》が、残りを【星乃宮織姫《おりひめ》】陣営が〝鬼〟の時間として扱う。ただし〝鬼〟の時間とは〝捕獲モード〟が使用可能な時間を表すものとする。ベット対象：秋桜《コスモス》》」

「…………うん、どちらも受諾したよ。ほとんど同程度の判定評価だね」

緊張と静寂で一瞬だけ空いた間を、瑠璃先輩がそっと穏やかな声で埋めた。

「ちなみに、織姫様のルールにある《捕獲モード》については、さっきも言った通りゲームが始まってから説明させてもらうけど、それでいいかい？」

「あ、はい、大丈夫です。……それと、今はもう春風《はるかぜ》も鈴夏《すずか》も向こうにいるんだから、俺は普通にログイン出来《でき》るんですよね？　普通にっていうか、まあ入れ替わるんですけど」

「ああ、それはもちろん。向こうに入りたい時はスマホの電源ボタンを急いで二回、カチカチっと押してくれればいい。その時点で座標が近い方の子と入れ替わるはずだよ」

「なるほど、了解です。——さて、と」

軽く頷《うなず》いてから、俺は、改めて星乃宮織姫《ほしのみやおりひめ》へと向き直った。

……ROCやSSRで勝ち取った成果を全て返還しろ、なんてふざけた要求を平然とぶつけてきている規格外。しかもその上、春風と鈴夏を奪い返した後に〝世界征服〟を実行すると宣《のたま》う異端中の異端。

そんな〝魔術師《メイガス》〟スフィアの頂点に——俺は、教卓の前で、三十人以上のクラスメイトが眠りについた教室の真ん中で、精一杯に自分を奮い立たせつつ啖呵《たんか》を切る。

「一回しか言わないからよく聞けよ、星乃宮。

春風と鈴夏はお前らなんかに返せない——いや、返さない。だから、奪いに来たって言うなら覚悟した方がいいぜ。あいつらに手を出そうとしたことを死ぬほど後悔するくらい、全身全霊で返り討ちにしてやる」

「……ふふっ。ええ、はい。楽しみにしていますね」

俺の口上に星乃宮織姫は今日一番の微笑みを零《こぼ》す。……こちらの虚勢がバレているんだとしても、本心から歓迎されているんだとしても、やはりこいつは厄介だ。真正面から対峙《たいじ》しているにも関《かか》わらず、存在している次元が隔絶しているような気すらする。

だけど——以前とは違って、今の俺には護《まも》りたいものがたくさん出来てしまったから。

相手がスフィアだろうが誰だろうが、もう、軽々しく退くわけにはいかないから。

「——ＥＵＣ、起動」

囁《ささや》くような瑠璃《るり》先輩の声を背景に、俺は聞いたばかりのログイン条件《キー》を実行した。

♯

《ＥＵＣ正規起動条件確認》
《【プレイヤー】二名のゲーム参加意思受諾》
《電脳神姫《バグナンバー》への端末配備完了。【キャラクター】として正規登録》
《対象フィールド：ルールにより可変。対象時間：ルールにより可変》
《基礎ルール及び一日目追加ルール読み込み《リーディング》完了。各種設定構築最終確認完了《セットアップオールグリーン》》
《E.x. Unlimited Conquest——開始》

——ＥＵＣ開始一日目・午後三時四十二分。

スマホの電源ボタンを連打した俺は、その一瞬後にはゲーム世界《フィールド》へと訪れていた。

いや、ゲーム世界、と一口に言っても、見た目は現実のそれとほとんど同じだ。通い慣れた校舎の中の、正確な位置は分からないがどこかの廊下。違いを挙げるとすれば、現実世界と比べてこちらの方がほんの少しだけ薄暗い、ということくらいだろう。

帰りのHRからしばらく経《た》っているせいか、見る限り周りに人はいない。

「多分、みんな普通に部活行ったり家に帰ったりしてるんだろうな……ログインしてることに気付けない、ってのはそういうことだ。——ん？　そう言えば」

星乃宮《ほしのみや》の台詞《せりふ》を思い返しながら、俺はふと自分の身体《からだ》を見下ろしてみた。途端、広く開いた胸元が紅《あか》の目を介して脳髄を刺激する。鮮やかなピンク色の髪が腰辺りまで流麗に流れ落ち、フリル満載のゴシックロリータはどこか魔王を思わせる。つまり——、

「鈴夏《すずか》の方か」

「ん、そだねー。……にひひ。ちなみに、ゆーくん的にはどっちのカラダが好みなのー？」

「カラダとか言うな。その質問はギリギリアウトだぞ姫ゆ——って、え？　姫百合《ひめゆり》？」

背後から聞こえてきた悪戯《いたずら》っぽい声に条件反射で突っ込みを返しつつ、一瞬遅れてがばっと振り返る俺。するとそこには案の定、瑠璃《るり》先輩の第二形態とでも言うべき赤髪ツインテールの小悪魔系女子（百合）こと姫百合七瀬《ななせ》が立っていた。

……うん、そう。立っていたんだ。

ニコニコと、うずうずと、ギラギラと——そんな〝捕食者〟の目を獲物《おれ》に向けながら。

「い、いつからそこ——わぷっ」

「ぎゅっ、と。……ふっふっふー、スズっち捕まえた。にひひ、SSRはほとんど参加できなかったし、その後はゆーくんのスマホに入っちゃうしでずっと触れなかったけど、やっと思う存分抱き締められるよー。ふんふむ……あ、ハルちんより胸あるんだね。ね、ちょっと触ってもいい？　服の上からならいいー？」

「よ……くねえよ！　お前、俺が鈴夏じゃないって分かってるんだろうが！」

「くんくんくん。はすはすはす。はにゃぁ……にゃふふふ」

「っ！？！？　う、埋め……いや、だから話聞けよ！　あと離れろ！」

「んー？　にひひ。もー心配性だなーゆーくんは。大丈夫大丈夫、スズっちの時はスズっちの時でちゃんと堪能するってば。でもね？　あたしにとってはゆーくんの反応だって捨てがたいんだぞー？」

「!?　い、一刻も早く捨てろそんなもん！」

「それはちょっと難しいよー。ん、しょ……えいっ」

言いながらくるりと背後を取り、姫百合はそのまま容赦なく俺の身体を弄《いじ》ってきた。肩の近くにぎゅうっと押し付けられている柔らかい感触も、首周りにまとわりつく甘ったるい匂いも、いつの間にか絡ませられている滑らかな素足も、全てが思考を麻痺《まひ》させてくる。

まともに頭が回らない。

姫百合《ひめゆり》の指先にしか、身体《からだ》が火照《ほて》る部分にしか意識を向けることが出来《でき》ない。

「……、……くっ」

そうして一分が過ぎる頃には全身がすっかり弛緩《しかん》していて、微《かす》かな吐息と共に耳をくすぐる「大丈夫だよー？　きもちいよー？」の声が思考能力を溶かしてきて、どうせ女子同士なんだしあるいは委ねてみてもいいかもしれないなという気持ちに、

『なってんじゃないわよ!!　た、タルミあんた！　それあたしの身体なんだからね!?』

——なりかけたのだが。

突然端末をジャックして現実《むこう》から叩《たた》き付けられてきた〝魂の叫び〟によって、どうにか俺の処女《オトメ》は守られた。


「……それで」

呼吸と動悸《どうき》と服装と髪を整えるのに要した時間、まとめて数分。

その辺りでようやく落ち着いた俺は、ジトっと昏《くら》い瞳で目の前の少女を睨《ね》め付けていた。

「セクハラしに来たんならそろそろ満足だろうし帰れよ姫百合」

「い、いや違うんだよー!?　ごめんごめん、セクハラじゃなくてちゃんとチュートリアルしに来たんだ。一日目だけゆーくんのガイドやっていい、って織姫《おりひめ》様に言われてるから」

「……ガイド？　開始早々、かなり無駄な時間使わされたんだけど……ガイド？」

「うっ！　……そ、そこはほら、溢《あふ》れる欲求が抑えきれなくてー、みたいな？」

「いくら何でも正直すぎる！」

にひひ、と誤魔化《ごまか》すように笑いながら、姫百合は後ろ手を組んで首を傾《かし》げ、斜め下の角度から俺の瞳を覗《のぞ》き込んできた。いわゆる上目遣いの謝罪体勢。ともすればあざといようにしか見えない仕草なのに、こいつがやるとサマになるのはちょっと卑怯《ひきょう》だと思う。

だから、というわけでもないが、俺は一つ息を吐いてから小さく首を振った。

「もういいよ。なんか、お前に怒っても無駄な気がするし」

『——え!?　な、何よそれ、あたしは全然良くないんだけど!?』

すると端末の向こうから勢いよく抗議の声が飛んできた。……確かに、言われてみれば今回の被害者は俺よりむしろ鈴夏《すずか》の方か。

とは言え、今ログアウトして鈴夏《あいつ》と姫百合を引き合わせるのは面倒だし、貴重なチュートリアルタイムをこれ以上浪費するわけにはいかないから——うん。

「……。……にしても、凄《すご》いな。この世界《これ》」

『無視!?　ちょ、このあたしを放置するなんて良い度胸じゃないタルミ！　後でレディーの扱いってもんを叩き込んであげるから覚悟しなさ——って、え？　う、嘘《うそ》、あんた確か、朧月詠《あの人》がたまに話してた星乃宮《ほしのみや》とかって——ま、待ってタルミ、切らないで！　入れ替わるのはともかくこんなのと二人っきりだなんて聞いてないわ！　ねえ⁉』

「あー…………その、事情は後で説明する。だから……今は、逃げていいぞ」

『ったり前でしょうが‼』

ブツンッ、と勢いよく端末の通信が途絶え、後には鈴夏《すずか》の——否《いな》、現実世界の俺の声がぐわんぐわんと木霊《こだま》する。

「…………ふう」

若干の罪悪感に苛《さいな》まれながら、俺はついさっき覚えた感慨へと意識を戻すことにした。

——現実世界の学校を忠実に再現したＥＵＣのゲームフィールド。

放課後と思わしき校庭を廊下の窓から見下ろすと、そこではたくさんの生徒たちが部活に勤《いそ》しんでいた。野球、サッカー、陸上、テニスにその他諸々《もろもろ》。ここから見えるだけでも優に三桁単位の少年少女が熱心に体を動かしている。

これが現実世界なら、別に特筆すべきことでもない。いつも通りの光景だ。

けれど——ここが〝ゲームの中〟で、あそこにいるのが全員〝現実世界に実体を持つ人間〟だということを加えるだけで、状況は一気に途方もないスケールにまで跳ね上がる。

「……本当に、世界がこっちに移ったみたいだ」

思わずそんな感傷が口をついて出た。……いや、楽観的な〝みたい〟で済まされる段階はとうに過ぎているんだろう。もし俺が星乃宮《ほしのみや》に負ければ、春風《はるかぜ》と鈴夏を奪い返されるようなことになれば、その感想は即座に現実になる。

冗談みたいな話だが、世界はスフィアの手に落ちる。

「にひひ。他人事《ひとごと》みたいでごめんだけど……責任重大だねー？　ゆーくん」

姫百合《ひめゆり》のからかうような声音《こわね》に小さく頷《うなず》きを返しつつ、俺は改めて左手首に取り付けられた端末へと視線を遣《や》った。その中心部に埋め込まれた宝玉の色は眩《まばゆ》い〝青〟。つまり鈴夏の所属が垂水夕凪《おれ》側であることを表している。

「全員の端末をこうすれば俺の勝ち……ってわけだな」

「ん、そうそう。それじゃせっかくだし、他の機能も説明しちゃおっか。ゆーくんゆーくん、とりあえず端末のメイン画面出してみてー？」

「メイン画面？　……これか」

姫百合の指示に従って順に操作を進めていく。と、展開した画面の右上の方に、何やら緑色の文字で〝１００〟と刻まれているのが目に留まった。

「この数字は？」

「にひひ。相変わらず良い目の付け所だね、ゆーくん。それは〝バッテリー〟だよ。分かりやすく言えば……んー、端末のエネルギー残量、みたいな感じかな？　今は１００％になってると思うんだけど、実はこれ、使ってるとだんだん減っていっちゃうの」

「ああ……なるほど。じゃあもしかして、これが０％になったらゲームオーバーか？」

「んーん、そんなことないよー。0になってもペナルティは何にもなし。バッテリーは毎日二十四時に全回復するから、ついつい使い過ぎちゃう人も安心安全。ただ……ね？　バッテリーが切れてると、その間は端末の機能が使えなくなっちゃうんだー」

「端末の、機能……？」

――具体的にはこんな感じだ。

《探査《サーチ》モード：【キャラクター】一人の現在地を割り出す：消費10％》
《生成《クリエイト》モード：一定時間で消えるアイテムを生成する：消費未定（アイテムに依存）》
《隠密《ハイド》モード：一定時間完全な〝相互不干渉状態〟に突入する：消費10％》
《加速《アクセル》モード：一定時間身体能力《ステータス》値を向上させる：消費10％》
《捕獲《キャプチャー》モード：【キャラクター】一人の宝玉を自分のそれと同じ色に変える。EUCにおいて陣営《チーム》変更はこのモードを介してしか行われない：消費15％》

「…………」

各種モードの説明を睨《にら》むようにして眺めながら、俺は静かに思考を巡らせる。

なるほど――何度か話に出てきた《捕獲《キャプチャー》》というのはこれのことか。電脳神姫《バグナンバー》の陣営を変えられる唯一の手段。つまり俺が星乃宮《ほしのみや》サイドの電脳神姫を〝奪う〟には、単にそいつを捕まえるだけじゃなく、端末経由で《捕獲《この》》モードを使用する必要がある。

そして、星乃宮が設定したルールによって《捕獲》を使える時間帯が区分けされた以上、このゲームは〝乱闘制〟から〝ターン制〟に切り替わったということになる。前半は俺のチーム、後半は彼女のチームが〝鬼〟となって相手を追い、逆に後半はひたすら追っ手から逃れ続ける。まさしく交代制の〝鬼ごっこ〟というわけだ。

そこまではいい。……けれど、一つだけ気になることがある。

「あのさ姫百合《ひめゆり》。さっき鈴夏《すずか》は端末干渉能力を使ってたよな？　ってことは、電脳神姫の能力使用は〝可〟ってわけだ。だったら極論、捕獲モードなんか使わなくたって――」

「むー？　あ、違う違う。残念ながらそれは出来《でき》ないんだよ、ゆーくん」

裏技的な勝ち方を提示しようとしていた俺の台詞《せりふ》を、しかし姫百合の声が遮った。

「確かに電脳神姫の能力は自由に使っていいよー？　でもね、追加ルールの時にも言ったけど、ＥＵＣでは〝その時点で既に決まってるルール〟の効力は絶対なの。だから、例えば『ハルちんの能力で無理やりチーム変えて勝ちー！』ってやろうとしても、それは捕獲モードの機能解説《テキスト》と矛盾しちゃうわけで……にひひ。実行はちょっと難しいかな」

「なんだ、そうなのか。……ま、そんなに上手《うま》く行くわけないよな」

ほんの少し落胆を覚えながらも、俺はピンクの髪を振ってすぐに思考を切り替えた。

考えるべきは――端末の各種モードと、そのコストである〝バッテリー〟。

毎日二十四時に数字が全回復する、ということなんだから、鍵になるのは〝一日あたり１００％の容量をどの機能《モード》に割り振るか〟だろう。《探査》や《加速》《隠密》などなど、

ROCの〝スペル〟と似たようなイメージで捉えればどれも必須級の効果には違いない。

「それと、最大の問題が……やっぱり、向こうの戦力だよなあ」

小さな溜《た》め息《いき》と共にそんな言葉を言い放つ。

——電脳神姫一番機《バグナンバーコードオリジナル》・秋桜《コスモス》。

スフィアトップ星乃宮織姫《ほしのみやおりひめ》が構築した、電脳神姫シリーズの頭番。

それは、どうしたって色々な感情を引き起こさせる単語だった。殺害目標の姫として囚《とら》われ、ゲームを通じて徹底的に堕《お》とされかけていた春風《はるかぜ》。ゲームなど関係なくただただGMの苛立《いらだ》ちを解消する道具として扱われていた鈴夏《すずか》。

今回の電脳神姫も、彼女たちと同じように虐げられているのだろうか？

そんな境遇に置かれたヤツと、俺は敵対しなきゃいけないのだろうか？

そして、もう一つ……更なる懸念が電脳神姫一番機《そいつ》の持つ〝性能〟。

何せ、全ての裏ゲームが始まるきっかけを作った規格外中の規格外、星乃宮織姫が製作したAIなんだ。具体的に数値換算できるものではないだろうが、とにかく、一番機が春風や鈴夏を圧倒する単騎性能を持っている可能性は充分にある。

「でも……今日は、今日だけはチュートリアルだ。たとえバッテリー配分を間違えて《捕獲《キャプチャー》》されたところで無効になってくれるんだから——試しに、ちょっと攻めてみるか」

言って時計に目を遣《や》ると、現在時刻は午後四時三十七分となっていた。ターン終了まではまだしばらく残っている。……と、いうわけで。

「《探査《サーチ》》モード起動」

俺はさっそく端末を撫《な》で、汎用性の高い探査の機能を使ってみることにした。途端に右上の数値が10％分減少し、投影画面が学校の見取り図らしきものに切り替わる。

相手が《隠密《ハイド》》さえ使っていなければ、この地図上にアイコンが……って、え。

「「――後ろ？」」

俺と姫百合《ひめゆり》の声が重なって――次の瞬間、二人してぱっと弾《はじ》かれるように振り向いた。

「ひぃ!?」

同時、そこにいた少女がびくーんと身体《からだ》を跳ねさせ、涙目になって悲鳴を上げる。そしてじりじりと、まるで俺たちを警戒するかのように後退《あとずさ》る。

「う…………」

そんな彼女が身に纏《まと》っているのは、何故《なぜ》かクラシックスタイルの給仕服――いわゆるメイド服というやつだった。ふんわりと身体を覆《おお》う白と黒のコントラストは、流麗な薄紫色の髪と相まって息を呑《の》むほど美しい。まるで絵画の中に迷い込んだみたいな趣だ。

これで地面に尻もちをついていなければ、大層サマになったことだろう。

「えっと……」

「――はっ!?」

半分の警戒と半分の困惑を同居させながら小さく声を掛けてみると、少女は弾《はじ》かれたように勢いよく立ち上がり、両手でスカートを二、三度払ってから俺に向き直った。

そして優雅に頭を下げ——ようとして、頭頂部につけたカチューシャのようなもの（ヘッドドレスと言っただろうか）がズレていることに気付き、それを直しているうちに何故《なぜ》か胸元のリボンが解《ほど》け、焦《あせ》ってわちゃわちゃ手を動かしていたかと思えば今度は自分の足に躓《つまず》いてずてっと顔面からすっ転んだ。

「はぅあっ!?　うぅ……ったぁ…………！」

……ええと、その、なんて言うか。

正直、想像していたどのパターンよりも締まりのない初対面だった。こいつ、本当にあの星乃宮《ほしのみや》が作った電脳神姫《バグナンバー》か？　そんな疑問すら湧いてくる。けれど、隣の姫百合《ひめゆり》は「あちゃー。にひひ、コスモスちんは相変わらずドジっ娘可愛《かわい》いなーもー」とか言いながら苦笑いを浮かべているだけで、特に俺の認識を訂正しようともしてこない。

加えて——未《いま》だにぺたんと腰を下ろしたままの彼女が左腕に巻き付けているのは、間違いなく〝赤〟の光を発する端末だ。

「ち……違う、違うってば姫百合ちゃん」

少女は姫百合の台詞《せりふ》に反応して、焦ったようにわたわたと両手を振り始める。

「これは別にドジっ娘。とかじゃないの」

「うんうん、あたしもそんなモー◯ング娘。みたいな言い方してないけど」

「今のはただ──わたしの有り余るエネルギーがね？　多分、ちょっと暴走しちゃっただけなの。うん、ほんと、それだけ。……だ、だから鈴夏《すずか》ちゃんの前でそういうこと言わないでっ！　お姉ちゃんとしての威厳が、こう……ふにゃってしちゃうから！」

「にひひ、それはあたしのせいじゃないと思うぞー？」

後ろ手を組んで小首を傾《かし》げた姫百合に対し、むーっと不満げに頬《ほお》を膨らませる少女。

ドジっ娘云々《うんぬん》に関《かか》わらずその姿に威厳なんてものは欠片《かけら》もないが、それは一旦置いておくことにして、俺は彼女の前でゴスロリスカートを揺らしながら一つ咳払《せきばら》いした。

「こほん。──初めまして、で良いんだよな。お前ならこう言えば分かると思うけど、俺は垂水夕凪《たるみゆうなぎ》だ。鈴夏じゃない。だから威厳がどうとか別に気にしなくていいぞ」

「え……？　え!?　た、たるみゆーなぎっ!?」

と。名乗った瞬間、何故か少女の両目がくわっと大きく見開かれた。

「じゃあ、あなたが……！　あなたがお姉さまを困らせている悪党！　なんですね!?」

「……は？」

「ゆるせない……あ、あなたがいくら卑怯《ひきよう》な手を使おうとも！　わたしはおねーちゃんとして……うんっ！　春風《はるかぜ》ちゃんと鈴夏ちゃんのお姉ちゃんとして！　二人の妹を誘拐した、あなたを絶対ゆるしませんから！」

「あ、あー……え、そんな認識なのか？」

それはさすがに、いくらなんでも不本意すぎる。

「そ、そんな認識もこんな認識もないもん！」

しかし、どうやらここでは俺の抗議なんか聞き入れてもらえないらしかった。メイド服の少女は勢いよく啖呵《たんか》を切ると、両手を使って一気に立ち上がり――損ねて、再度尻もちをついてしばらく悶《もだ》えて、何故《なぜ》か『お前のせいだ』とでも言うように涙を溜《た》めた藍色《あいいろ》の瞳で俺を見て、それから数十秒後にようやくふらふらと立ち上がる。

そして、自身を鼓舞するように「うんっ！」と一度だけ頷《うなず》いた。

「お姉さまの敵に名乗る名前なんかない、って言いたいところですけど……わたしはよく出来《でき》たメイドなので、ちゃんと名乗ってあげます。あ、えっとちなみに、今なら笑顔とかもオプションで付けられます」

「オプション………じゃあ、ありで」

「はい（にこっ）――って！　な、なにをやらせるんですか悪党！　非道です、横暴すぎます！　わたしが妹に優しい素敵なお姉ちゃんだからってそんな格好で油断させて！」

「えええええ!?　今のも俺が悪いのか!?　嘘《うそ》だろ!?」

「そもそも鈴夏《すずか》ちゃんはそんなに言葉遣い悪くないもん！　あんまり会ったことないけど多分そうだもん！　だから反省して！　すっごく反省して！　そしてお家《うち》でいっぱい練習

することと！　おねーちゃんが認めてあげるまで鈴夏《すずか》ちゃんごっこは禁止、です！」

「ああもう何だよこいつ面倒くせえ!?」

「面倒臭いってなに――きゃっ!?」

死ぬほど面倒な〝お姉ちゃん属性〟を発揮して詰め寄ってきた少女だったが、今度は持ち前の〝ドジっ娘《こ》属性〟が表に出たのか、俺の足に引っかかってぐらりと倒れ込んできた。

「おわっ！　……っと、と」

思わず手を伸ばして彼女の身体《からだ》を支える俺。するとその拍子にふぁさ、と柔らかな毛先が首筋をくすぐり、倒れまいとして伸ばされた両腕が俺の背中へと回される。……意図せず正面から思いきり抱き付かれているみたいな格好になってしまった。

ふわりと濃密な〝女の子の匂い〟が鼻を掠《かす》めて。

むず痒《がゆ》いような感触が全身を駆け巡って、そして。

「う、ぅう……ばかぁ。卑劣な罠《わな》は……やめて……おねーちゃんは負けないの……だから、だからだいじょーぶ……だいじょう……ぶ……がくり」

少女はなにやら譫言《うわごと》らしきものを口にしながら、やがてすーすーと寝息を立て始めた。

「…………」

あまりにもあんまりな光景に呆然《ぼうぜん》と言葉を失いながら、俺はほとんど無心で端末を操作し《捕獲《キャプチャー》》モードを起動する。

途端、15%のバッテリーが消費され、瞬間的に画面が切り替わった。その状態でこつんと少女の肩に端末を当てると、捕獲成功とのメッセージが流れ、続けて〝現在チュートリアル期間中につき陣営変更は行われません〟と注釈が入る。……つまり本来なら、今が通常のゲーム期間なら、これで条件は達成されていたということだ。

普通に、呆気《あっけ》なく、一切何の波乱もなく。

「…………成功、しちゃうのかよ」

電脳神姫一番機《バグナンバーコードオリジナル》・秋桜《コスモス》。

彼女との初邂逅《かいこう》は、俺の心に一抹の動揺を生むには充分すぎるほど衝撃的なものだった。

《EUC一日目終了時・途中経過》

《【キャラクター】所属状況》

《【垂水夕凪《たるみゆうなぎ》】――電脳神姫二番機〝鈴夏〟、五番機〝春風《はるかぜ》〟》

《【星乃宮織姫《ほしのみやおりひめ》】――電脳神姫一番機〝秋桜〟》

《各種【追加ルール】》

《時間制限ルール／鬼の交代制ルール》

第二章　電脳神姫《バグナンバー》〝一番機〟

＃

「～～～～～～ッ！　こ、来ないでくださいぃいいいいいい!!」

　ＥＵＣ二日目、校庭。前半開始からわずかに時間が経過した頃。

　昨日と同じく鈴夏《すずか》の身体《からだ》を借りた俺は、合流した春風《はるかぜ》と一緒に乱れる紫のセミロングをひたすら追いかけ回していた。

「――っ!?　夕凪《ゆうなぎ》さん、危ないですっ！」

　悲鳴に近い警告の声が背後から届くと同時、タンッと短い発砲音が耳朶《じだ》を打つ。……が、どこかの物陰から狙撃されているのならともかく、撃っているのは目の前の秋桜《コスモス》だ。それもトリガーを引く度に「ひゃぁいっ!?」なんて大袈裟《おおげさ》な反応をしているせいで、狙いなんかろくに付いちゃいない。

　案の定遥《はる》か遠くを突き抜ける弾丸を横目に見ながら、俺は勢いよく端末を撫《な》でた。

「《加速《アクセル》》モードッ！」

　瞬間、端末のバッテリーが10％消費され、入力した命令が瞬《また》く間に実行される。《加速》モード――電脳神姫の身体能力値《ステータス》全般を上昇させる端末機能だ。フリル満載のゴスロリドレスに包まれた身体がふわりと軽くなり、同時にピンクの長髪が宙に舞う。

先行するメイド服の背中が一気にぐんと近づいた。

「わ、わ、わ……っ！　来ないでって言ってるのになんで来るんですかぁっ！　夕凪くん、あなたさてはあれですね！　人の話を聞かない子ですね!?　めっ、です！」

「めっ、じゃねえ！　俺の話をちっとも聞かないヤツにそんなこと言う資格はねえよ！」

「い、良《い》いんですぅ！　お姉さまの敵の話なんか聞かなくていいんで——ひゃんっ！」

ちょくちょく振り返っては俺に文句を言っていた秋桜の声が不意に途切れる。同時にドタッと鈍い音。……どうやら校庭の外周に沿って生えている木の根に足を取られたらしい。

「う、うぅー……ま、またやっちゃいましたぁ……っ！」

「…………」

まだ本格的な戦闘には入ってもいないのだが——何と言うか、見ているだけで罪悪感を抱かせてくる少女だった。立場としては対等、どころか向こうが押し付けてきたゲームなはずなのに、秋桜が終始こんな調子を貫いているせいで異常なまでにやり辛《づら》い。

『……ふう』

彼女の端末から漏れ聞こえてくる星乃宮《ほしのみや》の吐息も、先ほどからどこか呆《あき》れた様子だ。

『垂水《たるみ》夕凪の軽口には耳を貸さずに逃げるよう予《あらかじ》め指示を出していたはずです。だと言うのに、今日だけで何度転倒するつもりですか秋桜？　後ろを向きながら走っていればバランスを崩すのは至極当然のことです』

「ち、違います、違うんですお姉さま！　そこのたるみゅーなぎが卑劣な策略で――」

『だとしても、です。……もう少し緊張感を持って下さい、秋桜《コスモス》。これは貴女《あなた》が考えている以上に重要な意味を持つゲームなんですよ』

「う……は、はい。分かりました、お姉さま」

神妙な表情で一つ頷《うなず》き、両手でスカートの裾を払いながらぱっと立ち上がる秋桜。

……お姉さま、という特殊な呼び方からも窺《うかが》える通り、彼女は星乃宮《ほしのみや》のことを深く慕っているらしかった。実際、今日の追いかけっこの最中も、俺があいつに対して悪態を吐《つ》く度に凄《すさ》まじい勢いで噛《か》み付いて来ている。

ただ――じゃあ逆もそうなのか、と言えばそんなこともないようで、星乃宮の方は秋桜に対して特別リアクションをするでもなく既に通信を切っている。……目の前で端末を見つめる秋桜の表情がしゅんと萎《しお》れるのも無理はない、というものだろう。

「…………ったく」

だから、というわけではもちろんないが、俺は嘆息交《ま》じりに口を開くことにした。

「なあ、そろそろ諦めろって、秋桜。お前だって別に好きで参加してるわけじゃないんだろ？　ならこれ以上痛い思いはしたくないはずだ。頼むから大人しく捕まってくれよ」

「っ……や、やだもん。そんな〝自分の意見を正当化する強姦魔《ごうかんま》〟みたいなこと言いながらうぇへへーって近付いてくる人が良い人なわけないんだもん！　だから却下！　一昨日《おととい》きやがれ、です！」

「ご、強姦魔ってお前……ああ、もういい。面倒だからこのまま《捕獲《キャプチャー》》を——」

「きゃあっ！　だ、ダメ！　それはダメです絶対イヤです！　触らないでったらぁ！　もうどうしよ、どうしよどうしよ……っ！　……そ、そうだ！　《隠密《ハイド》》モード！」

「っ！」

突然の叫び声に反応して弾《はじ》かれるように手を伸ばす——が、しかしほんの一瞬だけ遅かったようだ。秋桜の姿は瞬《またた》く間に虚空に消え、俺の指先が何かに触れることはなかった。

「……くそ」

「に、逃げられ、ちゃいましたね……はふう」

可憐《かれん》に舌打ちしていると、遅れていた春風《はるかぜ》が息を切らして追いついてきた。

彼女は俺の隣まで来て立ち止まり、動悸《どうき》を鎮めるように数回、胸に手を当て呼吸する。

「すー、はー……すー……けほ、こほっ。ご、ごめんなさい、夕凪《ゆうなぎ》さん。わたし、ちょっと疲れちゃったかもしれません」

「いや、謝る必要なんかないって。俺もちょっと……じゃないな、かなり疲れたし」

そう言って大きく息を吐き出した俺は、春風と同じくドレスの胸元にそっと手を——遣《や》る寸前でギリギリ自重して、誤魔化《ごまか》すように頭を振りながら周囲を見渡した。と、ちょうど良いところにベンチがある。ナイスベンチ。色んな意味で救世主だ。

「……え？　え？　わ、わたしは大丈夫ですっ。二人で使ったら横になれないですし、夕《ゆう》凪《なぎ》さんだけゆっくりお休みに――わわっ」

無駄に遠慮しようとする春風《はるかぜ》の背を押して座らせてから、俺もその隣に腰を下ろした。

「ふう……」

思わず溜《た》め息《いき》が零《こぼ》れてしまう。……疲れた。校庭に校舎にと長いこと全力疾走を続けさせられたおかげで、バッテリー云々《うんぬん》というより肉体的な疲労がそろそろピークだ。

そんな俺を見て、春風がふんわりと微笑を浮かべる。

「お疲れ様です、夕凪さん。えへへ、ちょっと休憩、ですね」

「そうだな。今がまだ前半戦で――俺たちが〝鬼〟の時間で助かった。このタイミングで襲ってこられたら正直逃げ切れる気がしない」

「はい。わたしもう、くたくたです。まだ心臓がどきどきしてます。でも……その、ゲームの方は今のところ順調ですよね？　わたしの気のせい、とかじゃないですよね？」

「ああ、気のせいってことはない。今日のルールは〝決めさせられた〟感があるけど、それでも充分以上に順調だ」

心配そうな口調で尋ねてくる春風に頷《うなず》きを返しつつ、俺は、確認の意味も含めて二日目の〝ルール〟について回想してみることにした。

ＥＵＣ二日目追加ルール――まず、今日の一番手である星乃宮織姫《ほしのみやおりひめ》が定めたのは《通信制限ルール》というものだ。具体的には、ＥＵＣ世界で電脳神姫《キャラクター》同士が遠隔通信《コンタクト》することを禁じるルール。現実からの指示出しは対象にならないものの、二手に別れて云々、みたいな作戦が一気に難度を引き上げられた形だ。

そして、そんな縛りに対して二番手の俺が設定したのが《エリア制限ルール》。ＥＵＣのフィールドを〝学校の敷地内〟に限定するルールである。

……これは、どちらかと言えばゲームそのものではなく星乃宮に対する牽制だった。何せＥＵＣの基礎ルールに〝ゲームフィールド〟に関する記載はない。つまり彼女は、ゲームの真っ最中にでも強制ログインの範囲を広げることが出来《でき》てしまう。

さすがにそれは面倒が過ぎるから、早いうちに防がざるを得なかったというわけだ。

「こういうところが狡猾《こうかつ》だよなあ……あいつ。おかげでルール制定権が一つ無駄になった」

「無駄なんかじゃありません。それどころか、すっごく素敵なルールだと思いますっ。これがないと校外のみなさんまで巻き込まれてしまいますし……えへへ。やっぱり、夕凪さんはやさしい人です」

「そ……そんなんじゃねえよ。ただ〝エリア無限の鬼ごっこ〟なんてやりたくないってだけだ。それにほら、《探査《サーチ》》を節約できたおかげでバッテリーも80％残ってる」

「わ、ほんとですね。えと、じゃあ多分わたしも……あれ？　70％？　むむ……あ、そうですそうです！　そう言えばわたし、さっき《生成《クリエイト》》モードも使ったんでした」

「ああ、そうだったな」

春風《はるかぜ》の跳ねるような声に小さく頷《うなず》きを返す俺。

彼女が作ったアイテム、というのは逆三角形の小さな盾のことだ。ついさっき、秋桜《コスモス》が拳銃を振り回していたのを見て慌てて作成していた。

結局、あいつの放った銃弾が俺たちに向かってくることはなかったため直接的に役立ったわけではないが……それでも《生成《クリエイト》》モードは使用者のイメージ次第で何でも作成できる〝ことや〝作成したモノの有効時間はおよそ十分間である〟ことなんかを情報として得ることが出来《でき》た。バッテリー10％と引き換えなら充分な成果と言っていいだろう。

まあ、長いこと走り続けたせいで身体《からだ》は物凄《ものすご》く怠《だる》いけど……。

「――夕凪《ゆうなぎ》さん、夕凪さんっ」

「ん？」

俺がぐてーっと空を仰いでいると、不意に柔らかな声音《こわね》が耳朶《じだ》を打った。釣られて隣に目を遣《や》れば、そこではいつもの笑顔を浮かべた春風が何やら背筋を伸ばしている。片手でそっと自分の膝《ひざ》を――白のワンピースに包まれた太腿《ふともも》の辺りを指し示している。

「……え、っと？」

「膝枕、です。……夕凪さん、ご存じありませんか？　こうやって誰かの膝を枕みたいにして、そこに頭を乗せるんです。わたしも初めてなので詳しくはないんですけど……でも、話によれば〝人の体温はとても安心できる温度〟なんだそうで、こうするとすごくすっごくリラックスできるみたいなんです。えっと、だからその……ど、どうぞ」

小さくはにかみながら、なおも不動の姿勢で俺を膝枕に誘う春風。

そんな彼女から目を逸《そ》らすと——俺は、思いきり動揺しつつかぁっと顔を赤くした。

いや……いやいやいやいや！　いくら何でもそれはマズいだろお前。だって膝枕って、膝枕だぞ？　あの膝枕なんだぞ⁉　そりゃ今の俺は鈴夏《すずか》だから客観的には微笑《ほほえ》ましい光景かもしれないけど、その実結構なことといかがわしい行為だぞ……⁉

「……？　夕凪さん？」

俺の内心の葛藤になんて微塵《みじん》も気付くことなく、春風は破壊力の高い誘惑を続けてくる。

「遠慮しないでください。夕凪さんの好きなように使ってくれていいんですよ？」

「う……い、いやほら、春風。そういうのはこう、やっぱりなんか恥ずかしいって言うか」

「恥ずかしい、ですか？　……でも、これが一番効率的な疲労回復方法だってウィ〇ペディアに書いてありますし、ヤ〇ー掲示板でもベストアンサーですし、それに」

「引用元が超高性能ＡＩとは思えないっていう突っ込みは置いといて……それに、何だ？」

「……その……単純に、わたしの方が、やってみたくて。夕凪さんに、膝枕」

「…………」

「だ、ダメでしょうか……？」

澄んだ碧《あお》の瞳を不安そうに揺らめかせ、怖々とした声音《こわね》で尋ねてくる春風《はるかぜ》。……前にも言ったが、この眼《め》はどう考えても反則だ。俺には一生拒否できそうにない。

だから――俺は一度だけ溜《た》め息《いき》を吐《つ》いて、それからゆっくり身体《からだ》を倒していった。

「あ……えへへ。ありがとう、ございます」

幸せそうな囁《ささや》きを無心で聞き流しながら、ピンクの髪に包まれた頭をそっと春風の膝《ひざ》に乗せる。得も言われぬ感触にぞくりとした何かを感じていると、続けて、畳みかけるように優しげな手付きが耳の辺りを撫《な》でてきた。

「――っひゃあ!?」

「きゃっ！　ご……ごめんなさいっ！　どこか痛かったですか？」

「い、いや……あー、悪い。そういうわけじゃないんだ。うん、痛くはない」

「ほ、本当に大丈夫ですか……？　わたし、ちょっと力加減が分からなくて。なるべくゆっくりやるので、もし不手際があれば遠慮なく言ってくださいね。では……ん、しょ」

「っ!?　～～～～～～～～～～～～～～っ!!」

春風のお腹《なか》がある方とは逆側に頭を向けながら、俺はぎゅうっと両目を瞑《つぶ》ってどうにか襲い来る快感に耐え続ける。思わず足が浮きそうになるのを必死の理性で抑えつける。

――ヤバい。これは、本当にヤバい。

頭のてっぺんを支えてくれている春風の左手が、髪を梳《と》かすように耳の周りや首筋を撫でる春風の右手が、そして顔の側面へとダイレクトに感じる春風の体温が、匂いが、感触が、全部まとめて総攻撃を仕掛けてくる。

ああ……そりゃ確かに疲労回復効果は抜群だろう。だってこんなの、疲れを感じている暇が一瞬たりとも存在しない。そんな些末《さまつ》な症状を記憶しておく余裕がない。

「……えへへ」

小さな声を零《こぼ》すと同時、春風は俺の頬《ほお》に手を伸ばして上半身をかがめてきた。するとその拍子に、さらさらの金糸が全方位から垂れ落ちてくる。ちょっとしたカーテンみたいに俺を世界から切り離して、だから俺には、ともすれば触れてしまうくらいの至近距離で蕩《とろ》けるような笑みを浮かべた春風以外に何も見えなくなって——結局。

「……どうでしょう？　気持ち、良いですか？」

春風による〝膝枕〟が一区切りつくまで、俺の心臓が正常な鼓動を刻むことはなかった。


「——さてと」

疲れが消えた、もとい跡形もなく彼方《かなた》へ吹き飛ばされたところで、気を取り直して。

現在の時刻はざっくり午後三時半だ。昨日よりゲーム開始が早かったこともあり、俺たちが鬼をやれる時間はあまり残っていない。別に勝負を焦《あせ》る必要はないのだが、幸いバッテリーには余裕があるし、もう一回くらいはしっかり攻めておきたいところだ。

「ってわけで――《探査《サーチ》》モード、起動」

声と同時に端末右上の数字が10％減少し、画面が切り替わって秋桜《コスモス》の現在地が表示された。……なるほど、屋上ね。

さっそく移動を開始しつつ、ふと隣を歩く春風《はるかぜ》に声を掛ける。

「そう言えば……春風は秋桜のこと前から知ってたのか？　ほら、あのドジっ娘《こ》、お前と鈴夏《すずか》のお姉ちゃんだって強調しまくってただろ」

「わたしですか？　いえ、お名前は聞いてましたけど、お会いしたのは今回が初めてです」

「え？　じゃあ、あいつが勝手に姉気取りなだけ？」

「そ、その言い方だと秋桜さんがちょっと可哀想《かわいそう》なような……実際、わたしたちの中では一番のお姉ちゃんですし。それに、それを言うなら、鈴夏さんの時のわたしだってすっごく〝妹気取り〟だったと思いますよ？」

「いや、だってあれは俺の我儘《わがまま》に付き合ってくれただけだろ。確かに鈴夏を〝姉〟だとは言ってたけど、別にあいつの〝妹〟っていう立ち位置にこだわってたわけじゃない」

春風や鈴夏の〝お姉ちゃん〟であろうとしている秋桜とは訳が違う。

そんな俺の引っ掛かりが正しく伝わったのか、春風は「むむ」とか何とか呟《つぶや》きながら胸の下あたりで腕を組んだ。そうして足を止めないまま思考に耽《ふけ》ること十数秒、やがて何か思い付いたのか、そろそろとその顔を持ち上げる。

「もしかして――秋桜さんは、星乃宮さんみたいになりたいんじゃないでしょうか？」

「なりたい？」

「はい。……秋桜さん、星乃宮《ほしのみや》さんのことをとっても慕っているように見えました。だから多分、秋桜さんにとって星乃宮さんは尊敬すべき理想の〝お姉さま〟で、それで自分も誰かのお姉ちゃんでいたい、って思ったんじゃないかなって」

「ああ……、なるほど」

言われてみればそうかもしれない。

根拠や確証はどこにもないが、それでも春風の推測は不思議とすっきり納得できるものだった。恐らく秋桜の置かれている境遇というのは他の電脳神姫《バグナンバー》とは全く違う。だって春風や鈴夏は自身の製作者に対して尊敬なんか決して抱いてはいなかった。

もちろん、そういう風に感情を操作されている可能性もあるにはあるが……。

――ともかく、色々と喋《しゃべ》っているうちに目的地へと辿《たど》り着《つ》いた。本校舎最上階から続く階段のさらにその先、南京錠《なんきんじょう》で閉ざされた分厚い扉の向こうが屋上だ。

「ふう……」

俺はその前に立って深呼吸して、それから《生成《クリエイト》》で大振りの〝鎌《かま》〟を作り出した。身長の半分ほどもある長めの柄に、反り返った三日月型の刀身。魔王というよりはいっそ死神みたいな感じだが、まあどちらにしてもダーティーな様相《イメージ》には相違ない。

「（……こくんっ）」

見れば、隣の春風《はるかぜ》も武器を手にして小さく頷《うなず》いている。……いや、手にして、というのはちょっと違うか。何せ春風が生成したのは超特大のハンマーだ。漫画に出てくるようなそれを両手でずるずる引きずりながら、澄んだ瞳でじいっと扉を見つめている。

——静《シン》、と沈黙が辺りを支配して。

次の瞬間、俺はありったけの大声と共に勢いよく右手を振り下ろした！

「やれっ、春風!!」

「はい！　《加速《アクセル》》モード起動、ステータス急速上昇《フルチャージ》！　そ、し、て……えいっ!!」

同時、端末のバッテリーと引き換えに身体能力を跳ね上げさせた春風が、ゆらりと重たいハンマーを持ち上げる。そしてそれを屋上へ繋がる扉にぶち当て、南京錠《なんきんじよう》がどうとかいう問題以前に蝶番ごと吹っ飛ばした。

「……へ？　って、えええ!?」

そんな破滅的な光景の向こうで（何故《なぜ》か）体育座りをしていたのは、もちろんドジっ娘《こ》メイド秋桜《コスモス》だ。彼女は突然の闖入者《ちんにゆうしや》に驚いたらしくぱちくりと目を瞬《まばた》かせていたが、直後に入った『……だから迎撃準備を怠《おこた》るなとあれほど……』なる通信を聞き届けるや否《いな》や慌ててばっと立ち上がり、左腕の端末に手を添えて叫んだ。

「あ——《加速》！　《加速》モード！」

「ら、あっ！」

構わず大鎌《おおがま》を振り回しながら突っ込む俺。

さっきの小競《こぜ》り合《あ》いで分かったことだが、EUCにHPの概念はない。じゃあどうしてわざわざ武器を作ってまで攻撃しているのかと言えば、単純な話、EUCにおける〝ダメージ〟は全て〝ステータス負荷〟として表現されるからだ。

つまりダメージを受ければ受けるだけ身体能力値にマイナス修正を受ける。

そんなわけで、秋桜の行動不能を狙って振り下ろされた俺の鎌は——しかし、ひらひらとしたメイド服のスカートを軽く掠《かす》めただけに終わった。

「……ちっ」

「え、えええええっ!?　ちっ、じゃないです夕凪《ゆうなぎ》くん！　自分から攻めてきておいて舌打ちとか酷《ひど》いです有り得ないですっ！　ほ、ほらスカート破けちゃってる！　あやまって！」

「あー、はいはい。悪かったよ。けど破れたんなら見せ付けてくんな」

「ふぇ？　……はっ！　ま、またそうやって……夕凪くんのえっち！　大体、鈴夏《すずか》ちゃんの顔でそんなこと言っちゃダメなんだよ？　お姉ちゃん悲しくなっちゃうんだよ!?」

「いや、口の悪さで言ったら俺より鈴夏の方が酷いと思うけど……なあ春風」

「え!?　え、えと、えと…………あぅ。……あの、ごめんなさい。秋桜さん」

「謝られた!?　ち、違うの！　春風ちゃんが謝ることじゃないんだよ。たとえ鈴夏ちゃんがグレちゃったんだとしても……それは、全部そこの夕凪《ゆうなぎ》くんっていう悪党のせい！」

申し訳なさそうに頭を下げる春風《はるかぜ》に対し、秋桜《コスモス》は憤慨したように俺を糾弾しながらキッと視線を持ち上げる。拍子にセミロングの髪がふわりと舞う様は不覚にもちょっと格好良くて、神秘的で、思わず動きを止めて見入ってしまう。

「ごめんね？　お姉ちゃんだって、ほんとは春風ちゃんと戦いたくなんかないんだよ。でも、でも今は──敵だからっ！」

藍《あい》の瞳からきらりと水滴を零《こぼ》すと同時、叩《たた》き付けるように端末を起動する秋桜。

彼女は俺を睨《にら》み付けたままレイピアのような細身の剣を《生成《クリエイト》》し──けれどその刹那、空中に現れたそれを掴《つか》み損ねて取り落とし、柄の部分で自分の足を強打した。

「っ、たぁ…………い！」

「……なあ、そこの駄メイド。お前それ、もしかしてわざとやってんのか？」

「だ、駄メイドっ⁉　何それ馬鹿にして……！　違うもん。わざとじゃないもん。きっと夕凪くんが邪悪な存在だから、時空が歪《ゆが》んで運が捻《ね》じ曲がってそれからそれから……と、とにかくあなたが悪いんです！」

超越的な論理展開を披露しつつ、秋桜は床に落ちた細剣を拾い上げては俺を睨む。

と、そこに、再び淡々とした声音《こわね》の通信が割り込んできた。

『──秋桜。ダメージの申告は可能な限り速やかに』

「ふぇ？　あ、そ、そうでした。えっと……ちょっとだけジンジンする、かも……？」

『行動可能な範囲《レベル》、ということですね？　把握しました。……ただ、あまり無茶《むちゃ》はしないようお願いします。ルールが整ってからならともかく、今の貴女が無策で垂水《たるみ》夕凪の相手をするのは些《いささ》か無理がある』

「は、はい……ごめんなさい、お姉さま」

『貴女《あなた》から謝罪を受ける謂《いわ》れはありません。それより次の動きについてですが――』

その辺りでさすがに音量を調節されたのか、続く〝作戦〟部分の指示は聞こえなかった。

「…………」

ぎゅっ、と両手で剣を握り締めながら話を聞いている秋桜を見遣《みや》りつつ――ちなみに格好が格好だから長柄の箒《ほうき》でも持っているように見える――俺も俺で、次に取るべき行動について思考を巡らせてみることにする。

……正直、かなりの迷いどころだ。俺のバッテリーは残り60％。それに対して秋桜の方は《加速《アクセル》》を三回と《隠密《ハイド》》を一回、《生成》も二回使っているから、残量は最大でも40％だ。余力を気にせず攻めれば今日で詰め切れる可能性は充分にある。

けれど、気がかりなのは――秋桜が未だに自身の能力を見せていないことだった。

電脳神姫《バグナンバー》一番機《コードオリジナル》・秋桜。エニグマコードの断片を宿す特殊ＡＩである以上、彼女も春風や鈴夏《すずか》と同じように固有の特殊能力を持っているはずだ。けれど未《いま》だにその片鱗《へんりん》すら窺《うかが》えていない。恐らく巧妙に隠されている。

「うーん……」

「——む。ゆ、ゆーなぎくん、また何か悪巧みしてるでしょっ？」

「ん？」

ふと聞こえた不満そうな声に顔を上げれば、星乃宮《ほしのみや》との打ち合わせが終わったのか、少し離れた位置にいる秋桜《コスモス》がじとっとした目でこちらを見つめていた。

彼女はどうも〝電脳神姫《バグナンバー》の身体《からだ》を俺が使う〟という構図そのものが気に入っていないようで、時折『悪党に身体を好き勝手されるなんて鈴夏《すずか》ちゃんが可哀想《かわいそう》です……！』みたいな呟《つぶや》きまで漏れ聞こえてくる。うん……まあ、それはなんか、ごめん。

だけど、

「文句ならスフィアに言ってくれ。心配しなくてもゲームはさっさと終わらせてやるから」

「うぐ……く、来るならおいで。おねーちゃんが二人まとめて相手してあげますっ！」

威勢のいい言葉と同時、秋桜の姿がぼんやりと宙に溶けていった。……何だ？　このタイミングで《隠密《ハイド》》？　それも、直前の台詞《せりふ》と合わせれば、ただ隠れたんじゃなくて——

「——てぇえええええええええいっ！」

「！　う、上です、夕凪《ゆうなぎ》さんっ!!」

春風《はるかぜ》の声が鼓膜を叩《たた》いた瞬間、俺は虚空から滲《にじ》み出るように現れた斬撃をギリギリのところで防いでいた。鎌《かま》と剣がぶつかり合って火花を散らす。衝撃で身体が弾《はじ》かれる。

「ッ——！」

「あ、あれ？　防がれちゃった……でもでも！　今のはけっこー惜しかったかも！」

うんっ、と元気に頷《うなず》く秋桜。対する俺は、屋上の床に投げ出されながら彼女の言動に苛立《いらだ》ちよりも疑念を覚える。……こいつ、どうしてこんなに惜しみなくバッテリーを使いまくれるんだ？　端末やルールなんかの条件は俺と同じはずなのに——いや、

「そう、か……」

同じじゃない。

そうだ、考えてみれば当たり前じゃないか。前半が〝鬼〟である俺たちは後の逃走のためにバッテリーを温存しておく必要があるが、秋桜にはそれがない。配分なんて気にせず全力で逃げて、余った分を後半の〝攻め〟に充《あ》てれば一切損をしないんだから。

——全く、何が基礎ルールに入れておくべき事柄、だ。

公平なルールに見せかけて、ちゃっかり自分に有利な設定にしてるんじゃねえか。

「あ！　その顔……夕凪くん、今お姉さまの悪口考えてるでしょ!?」

「んでお前はエスパーか何かなのかよ、っと」

小さく悪態を吐《つ》きながら俺はゆっくりと身体を起こす。

どちらにしても、秋桜のバッテリーが残り30％を下回っていることは間違いないはずだ。

《捕獲《キャプチャー》》モードの消費バッテリーは15％だから、それ以下にまで削ってしまえば今日の後半は絶対の安全が保障される。そうなれば、後はひたすら攻めるだけでいい。
だから――俺はばさりと髪を払ってから死神の鎌《かま》を握り直し、再び強く地を蹴った。

＃

「や、やっと……やっとわたしのターンっ！」

――それからほんの数分後。

バッテリー消費を抑えながらの攻めはなかなか振るわず、また秋桜《コスモス》のドジっ娘《こ》属性が何故《なぜ》か上手《うま》いこと〝神回避《ターンエンド》〟に繋《つな》がりまくったこともあり、結局《捕獲》モードを使用する隙が見つからないまま交代時間となってしまった。

目の前の秋桜はメイド服の胸元をぐぐっと張って、至極得意げに語っている。

「やっぱりわたしが〝ドジっ娘〟だなんていうのはふーひょーひがいってヤツだったんですよ！　だってちゃんと逃げられたんですから！　結果を！　出せたんですから！　ふっふっふのふ……！　こ、これはわたしがおねーちゃんとして崇《あが》められる日も近い、かも！」

「…………」

「どーしたの夕凪《ゆうなぎ》くん？　何か言いたげだけど。わたしの腕前《プレイ》、そんなに凄《すご》かった？」

「…………」

「でもでも残念でした！　夕凪くんは今から、そんなわたしの餌食《えじき》になるんだよ――《生成《クリエイト》》モード！　……あれ？　《生成》！　《生成》モード！　な、何も出ない……うーん、発音が悪いとダメなのかなぁ。はっ！　それともまさか、わたしが不甲斐《ふがい》ないからついに愛想を尽かされちゃったとか⁉」

「…………」

「ＡＩなのに機械に嫌われるなんて……わ、わたし、やっぱりダメな子です〰〰っ‼」

「…………、はあ」

最後まで自己完結してどこかへ走り去る秋桜と、それを若干疲れた表情で見送る俺。

ドジっ娘だかダメっ子だか知らないが……一周回って尊敬できるレベルの滅茶苦茶《めちゃくちゃ》さだった。今だって俺の視界から消えるまでに「ふにゃあ⁉」と三回転んでいるし、ついでに言えばバッテリーが切れているんだから《生成》が使えないのも当然だ。

溜《た》め息《いき》を吐《つ》きながらよろよろと身体《からだ》を動かし、手近な壁に寄りかかる。

「――あの、夕凪さん」

乱れた毛先を整えていると、屋上のフェンス越しに階下を覗《のぞ》き込んでいた春風《はるかぜ》が不意に俺の方へと身体を向けてきた。

「今日は、これからどうしますか？」

「これから？　……って、ああ、そうだったな」

これから——というか既に始まっているのだが、春風《はるかぜ》が訊《き》いているのは今日の後半戦についてのことだろう。まだ多少のバッテリーは残っているが、秋桜《コスモス》が攻められないんだから俺たちだって逃げる必要はない。つまり今から一時間半、ぶっ通しで丸々暇なんだ。

時間にしろ余剰のバッテリーにしろ、もったいないことこの上ない。

けれど、何一つとして考え《アテ》がないのかと言えば決してそんなこともなかった。

「——三辻だ。安全が確保されてる今のうちにあいつと接触しておきたい」

「？　えと、三辻《みつじ》さん……ですか？」

「ああ。校内にいた全員が巻き込まれてるなら三辻だって例外じゃないはずだろ？　ＥＵＣの参加者《プレイヤー》じゃないんだとしても、こっちにいるなら会うことは出来《でき》る。もしかしたら力を借りられるかもしれない」

「あ……！　言われてみれば、確かにそうですっ！」

春風がぱっと顔を明るくするのを間近で見つめながら、俺は小さく頷《うなず》いた。

三辻小織《こおり》——通称〝氷の女帝〟。裏ゲーム界隈《かいわい》では伝説にも等しいプレイヤーだ。ＳＳＲで見せつけられた彼女のゲームセンスは圧倒的の一言で、敗北が許されないこのゲームにおいても大きな助力となることは間違いない、が……。

「問題は、あいつの記憶が今どうなってるかなんだよなあ」

——昨日のチュートリアルの際、ガイド役たる姫百合《ひめゆり》から聞き出した情報によれば。

　ＥＵＣに巻き込まれている連中は裏世界でも普段通りの生活を送っているが、反面、ゲームからログアウトする際にはこちらでの記憶を全て失うという仕様らしい。つまりゲーム内で得た情報を現実世界や翌日のゲームに持ち込めないんだ。必然的に三時間ほど記憶が欠落することになるが、そこに疑問も抱けないと。

　そうなると、三辻との連携はあまり意味のないものになってしまう可能性がある。

「けど……あいつなら今ある情報だけで何か物凄《ものすご》い案出してくれるかもしれないし、そもそも現状他にアテもない。ってわけだから、やっぱり一応探してみようぜ」

「探して？　あ、いえいえ、夕凪《ゆうなぎ》さん。三辻さんなら探さなくても大丈夫ですよ？」

と、そこで、さらさらの金糸を揺らした春風がちょこんと可愛《かわい》らしく手を挙げた。

　言葉の意味を計りかねて俺が小さく首を傾《かし》げる中、彼女はふわりといつもの笑みを浮かべ、ワンピースの裾を揺らしながらちょっと胸を張って続ける。

「えへん。わたし、知ってます。三辻さんはどこの部活にも入っていないんですが、実は放課後、毎日のように図書室へ行っているんだそうです」

「図書室？　……三辻が？」

「はい、そうなんです。クールで神秘的なイメージにもぴったりですし、三辻さん、結構憧れの的だったりするみたいですよ？　ただ人気があるだけじゃなくて、図書室では先生方からも特別扱いを受ける〝アイドル〟なんだとか！」

三辻《みつじ》について熱弁しながらキラキラと目を輝かせまくる春風《はるかぜ》。

「…………えっと」

い、言えない。

三辻《あいつ》のことだからどうせ帰って寝てるだけだと思ってた、なんて言えない……。

「そ、それじゃまあ、とりあえず——行ってみるか」

謝罪のつもりで何度か首を横に振りつつ、俺は春風を連れて屋上を後にした。


——結論から言えば、三辻は確かに図書室にいた。

ただし、読書はしていなかった。勉強もしていなかった。

何をしているのかと言うと——すーすーと、思い切り心地よさげな寝息を立てていた。

「……俺の動揺と反省を返してくれ」

呆《あき》れた口調で呟《つぶや》きながら彼女の顔を覗《のぞ》き込む俺。……まるで自宅にいるかのような熟睡《ぐっすり》モードだ。両手を机の上で組み、水色の髪に包まれた頭をちょこんとそこに乗せている。

用務室印の毛布が背中に掛けられているあたり、確かに常連の風格はあった。

「え、えっと……その、偶然お疲れのタイミングにぶつかっちゃっただけですよ、たぶん」

「……偶然……？」

春風が苦笑交じ《ま》りにフォローしてくれているが、残念ながら机の上にはそもそも何も置かれていない。さらに言えば室内にかかっている音楽はオルゴール調のクラシックで、何故《なぜ》か三辻の背中側にあるカーテンだけはきっちり引かれていて——と、まさに寝るには打ってつけの空間が完成していた。

「ったく……まあどっちでもいいけど。おい三辻？　頼む、ちょっと起きてくれ」

　なるほど、特別扱いの〝アイドル〟ね。……〝マスコット〟の間違いじゃないのかこれ。

「むり。いますごくねてるから。……あ、いまのなし。…………すー、すー」

「いや遅いよ。寝たフリするにはもう何もかもが遅いよ」

「そんなことない。まだまだよゆう。がんばれる。すーすーすーすー」

「んな棒読み全開ですーすー言うだけで狸《たぬき》寝入りが成功すると思ってるなら大間違いだからな!?　なあ……頼むよ〝氷の女帝〟。ちょっと聞いて欲しい話があるんだ」

「すー、すー……。…………んん」

　三辻はそれからしばらく無言で肩を上下させていた（一応これも寝たフリのつもりらしい）が、やがて諦めたようにゆっくりと顔を上げた。寝起きだからか少しとろんとした瞳がぐるりと宙を探って春風を、次いで隣の俺を見る。

「おはよ、はるかぜ。すずか。…………………え。すずか？」

「おう。俺は——じゃないな。あたしは鈴夏《すずか》よ、見て分かんないわけ？」

「……ん。なら、おはようは訂正。これはゆめ。わたしはたぶん、まだねてる」

「待て待て待て、違う。そうじゃない。確かにお前からしたら鈴夏《すずか》がスマホから飛び出してきてるように見えるかもしれないけど、そういうことじゃないんだ。っていうか、話ってのがまさにそれ絡みのことで」

「……んーんー……」

三辻《みつじ》は分かっているんだかいないんだか微妙な返事をすると、数秒後、のそりと身体《からだ》を起こしてきた。動いた拍子に肩から毛布がずり落ちているのなんか気にも留めず、無色の瞳をじいっと俺に近付ける。

「っ——な、何だよ？」

「……ん、もういい。だいたい分かった」

「は、はあ？」

意味不明すぎる発言に思わず呆《ほう》けた声を返す俺。が、三辻はそれに反応することなく立ち上がると、ふらふらした足取りで突然どこかへ向かい始める。

そしてその直後——ぽつりと、まるで何でもないことのように言い放った。

「……これ、げーむなんでしょ？」

「っ!?　お前、どうしてそれ……！」

「だって、まおうがいるから。こんなおおげさな舞台があって、まおうが呼ばれてて、それなのにゲームじゃないほうが変。……でも、それが分かったのはついさっき。それまでは、ちょっと違和感があるだけだった。べつの世界だっていうのはわかってたけど、ゲームかどうかはびみょうだった」

「…………はあ。なるほど」

歩を進めながら淡々と話を続ける三辻の背中を追いかけつつ、俺は何とも曖昧な頷《うなず》きで応じる。まあ、三辻らしいと言えばらしい観点からの推測だけど……。

「でも、星乃宮《ほしのみや》は〝誰も現実とゲームの区別が付かない〟って言ってたぞ？　それに姫百合《ひめゆり》の話じゃ、ゲーム内での記憶は現実世界に持ち帰れないって」

「ん。ふつうはそうだと思う。昨日、ためしに教室でいっぱつげいしてみたけど、帰ったらだれも覚えてくれなかった。それが証拠。きゅーいーでぃー」

「いや、なんで一発芸だよ」

「自信があったから。それなのに覚えられてないとか、しょっく。三日はねこむ」

……もしかしなくても図書室でふて寝してたのそのせいかよ、とか、一発芸に関しては覚えられてなくて良かった系の黒歴史だから悔しがる必要ないぞ、とか、言いたいことは色々あったものの全部スルーすることにした。

「で、だ――そういうことなら、何で三辻の記憶は消えてないんだよ？　お前、別にスフィア関係者とかじゃないだろ？」

「ん、違う。記憶がきえてないのは……たぶん、わたしが裏ゲームけいけんしゃだから」

「……？　それが何か関係あるのか？」

「かんけいしかない。……だって、うらげーむ参加者が〝裏世界《こっち》での記憶〟を失くしたら、このげーむはともかくほかの裏ゲームがぜんぶ終わる。今までの全部がわすれられて、なかったことになって、これから先もなりたたなくなる。それはすふぃあにもだいだげき」

「あ……なるほど、そういうことか」

確かにそれは道理だ。いくら特殊とは言えEUCは裏ゲームの一種なんだから、関連する記憶を全て奪われてしまえばそのプレイヤーは二度とゲームに参加できなくなってしまう。そんな事態を避けるための例外的措置、というわけだろう。

大概トンデモな技術だが、スフィアならもう何をやっても不思議じゃない。

「でも——だから、へんだった」

三辻《みつじ》は視線を前に固定したまま、徐々に歩くペースを落としながら話を続ける。

「ここが裏世界なのはまちがいないのに、つうちはきてないし、学校中のみんながいるし、端末はないし、まってても何もはじまらない。それで、あなたを待ってたの」

「……俺を？」

「そう、まおう。たるみゆうなぎ。……だって、もしこれがゲームなら、スフィアがこの学校をねらうなら、そしてそのたいしょうがわたしじゃないなら、もう当事者はあなたしかいない。だから待ってた。まおうに見つけてもらうのをまってた」

「それは……どういう」

「きまってる」

　少し食い気味に呟《つぶや》くと同時、三辻が立ち止まったのはとあるロッカーの前だった。掃除用具入れ、と書かれたその戸にそっと触れ、きぃっと音を立てつつ引き開ける。彼女はその中から小ぶりな箒《ほうき》を一本取り出すと、両手で真《ま》っ直《す》ぐ構えてみせた。

「ふんす」

「……えっと。お前、それ、何してんの？」

「まおうこそなにしてるの？　ゲームなんでしょ。はやくいこ」

　透明な瞳が再びじっと俺の目を覗《のぞ》き込んでくる。……三辻にあるまじき積極性だ。まだろくに説明もしていないのに、ここまで乗り気になってくれるとは思わなかった。

「いや、俺としてはありがたいんだけど……何だよ、お前って意外と良いヤツなのか？」

「？　いいやつもわるいやつもない。まおう、さっき言った。星乃宮《ほしのみや》って。……ふふ。これ、あの人が作ったげーむなんでしょ？　すごい。すごいたのしみ。我慢できない」

「……あー、そういやそういうヤツだったな、お前」

「えへへ……はい。でも、三辻さんらしくてとってもいいと思います」

　相変わらずズレた発言に思わず呆《あき》れた表情を返す俺と、嬉《うれ》しそうにふんわり微笑《ほほえ》む春風《はるかぜ》。

「ん、こういうやつ。だからちゃんと覚えておいて」

対する三辻《みつじ》は、箒《ほうき》を顔の高さまで掲げつつ、それでも淡々とした声音《こわね》で呟《つぶや》いた。

——実を言えば、彼女が仲間入りすることで生じる（頭脳面以外での）メリットというのは、現状あまり多くない。EUCの【プレイヤー】でも【キャラクター】でもない彼女は、今のところ〝ただ巻き込まれているだけ〟だ。卓越したプレイスキルも経験も、披露する場がなければ宝の持ち腐れになってしまう。

だけど、ないなら作ればいいいんだ。EUCはそういうゲームなんだから。

三辻小織《こおり》というあまりにも強い手札を活《い》かす状況《ルール》を、作ればいい。——だから、

「……オーケーだ」

俺はニヤリと口元を歪《ゆが》めると、赤い瞳を獰猛《どうもう》に光らせ、改めて三辻に片手を差し出した。

「なら今回は、敵じゃなくて味方として——よろしくな」

＃

結局EUC二日目の後半戦は〝三辻をスカウトしたこと〟が最大のハイライトで、その後は特にこれと言ったイベントも発生しなかった。

やったことと言えば、軽い打ち合わせと情報共有くらいのものだ。ただ、三辻の参入を踏まえた追加ルールの調整はなかなか難しく、ゲーム時間が終了して家に帰ってからもあだこうだと頭を悩ませ続ける羽目になったということだけは補足しておく。

そんなこんなで、翌日。

「……なあ、星乃宮《ほしのみや》。お前に一つ訊《き》きたいことがあるんだけど」

いつも通りの時間に寝静まった教室へと現れた星乃宮織姫《おりひめ》に対し、俺は一昨日《おととい》から引っかかっていたとある疑問をぶつけてみることにした。

「電脳神姫《バグナンバー》一番機《コードオリジナル》――秋桜《コスモス》。あいつさ、何て言うか、ちょっと弱すぎるんじゃないか？」

「……弱すぎる？」

スーツ姿で壁に背を預けた星乃宮は、胸の下で腕組みしながら小さく首を傾《かし》げる。

「それは、具体的にどういった部分を指しているのでしょう？」

「部分っていうか、何もかもだよ。全部だ。あまりにもミスが多すぎるし、スフィアトップが自分の野望を背負わせるには頼りなさすぎる。正直言って違和感しかない。……っていうか、お前も指示出しながら半分呆《あき》れてなかったか？」

「ふふ。なかなかはっきりと物事を言うタイプなのですね、貴方《あなた》は」

俺の指摘にくすくすと微笑を浮かべる星乃宮。彼女は超然とした態度を一切崩さないまま、試すような、嘲《あざけ》るような、あるいはどこか憐れむような瞳でこちらを見返してくる。

「呆れていたかどうかはともかく――秋桜が〝弱すぎる〟のではないか、という疑問に関しては、はっきり『いいえ』と返しておきましょう。私はそうは思わない。電脳神姫一番機は、秋桜は、間違いなく私の最高傑作です」

「いや……でも」

「これ以上の反論があるのなら先に秋桜《コスモス》を《捕獲《キャプチャー》》してみせてください。……あの子はドジっ娘《こ》、なのでしょう？　貴方《あなた》にとって単なる〝雑魚《ざこ》〟に過ぎないのでしょう？　EUCはもう三日目ですよ。簡単だというのであれば何故《なぜ》まだクリアしていないのですか？」

「………」

畳みかけるような挑発に俺は思わず黙り込んだ。……こう正面から切り返されると打つ手がない。『あんなドジっ娘を最前線に立たせているのは何か魂胆があるからじゃないのか』——そんな鎌掛けを含んだ質問だったのだが、どうやら完全にバレていたようだ。

「ふう……」

一つ長めに息を吐いて、それから思考をゲームに切り替える。

今日はEUC三日目。ルール追加の一番手は俺だ。組み込みたいルールは既に大枠で決まっていたが、その前に、少しだけ確かめておきたいことがあった。

「先輩、ちょっといいですか」

「なんだい？　ああ、ボクのスリーサイズなら上から」

「ちょっと惜しいですけどそれじゃないです。あのですね、基礎ルールで《全ての【キャラクター】を自分の陣営《チーム》に揃《そろ》えたら勝ち》っていうの、あるじゃないですか」

「うん、あるね。正式なテキストとは少し違うけれど、その言い方でも問題ない」

「はい。……で、あのルールって、別に宝玉の色がどうとかいう部分には触れてないですよね？　ただ全員を陣営《チーム》に入れれば勝ちって言ってるだけで。だったら、例えば《俺側に所属する電脳神姫《バグナンバー》の宝玉を赤にする》みたいなルールは通るんですか？」

「ん……？　ええと、キミは何を言っているんだい？　《捕獲》モード以外でキャラクターの陣営《チーム》変更は出来《でき》ないと明記されて――」

「あ、いや、別に陣営《チーム》を変更するわけじゃないです。メンバーを交換しようって話じゃなくて、単に俺と星乃宮のチームカラーを逆に出来るのかってだけで。……まあ、別にメリットとかないんですけどね」

「……つまり、キャラクター全員の宝玉の色を逆にして、その上で所属陣営《チーム》を表す色の方も反転させるということかな？　うん、まあそれなら出来る。出来るというか、恐らく規模も強さも最低ランクだけれど……ねえキミ、本当にそれでいいのかい？　いくら秋桜ちゃんを侮っているからって」

「あー、違います違います。別にこれをルールにしたいわけじゃないんですよ。ただ何となく気になったってだけで」

　首と手を振りながら慌てて弁解を返す俺。ふと脳裏を過《よ》ぎっただけの思い付きなんかに貴重なルール枠を消費させられたら堪《たま》らない。……この話題はここまで、か。

「じゃあ、改めて――ＥＵＣ三日目追加ルール。俺は《協力者ルール》を申請する。内容はこうだ。《エリア内に存在する〝裏ゲーム経験者〟を【協力者】と定義する。【協力者】はゲーム用の端末を有するが、それらの端末は宝玉及びバッテリー回復機能を持たない》」

「…………なるほど」

俺のルールを最後まで聞き終えると、星乃宮《ほしのみや》は小さく頷《うなず》きながら呟《つぶや》いた。

「宝玉を持たない――つまりどちらの陣営《チーム》に入るわけでもない〝フリーの戦闘係《アタッカー》〟を定義するルールということですね。最後の注釈はルールの規模を軽減するための保険、ですか」

「ま、そんなところだな」

三辻《みつじ》の助力を最大限活《い》かすにはやはりどうしても〝端末〟が必要で、けれどそれをそのまま申請しては二番手である星乃宮に強烈なルールの制定を許しかねない――そんな葛藤から生まれた折衷案《せっちゅうあん》だった。この〝保険〟にどれだけ効果があるのかは正直分からないが、少なくとも何もしないよりはマシなはずだ。

そんなことを脳内で再確認していると、目の前の星乃宮が不意にポツリと零《こぼ》す。

「〝氷の女帝〟三辻小織《こおり》。――そう言えば、この学校には彼女もいるのでしたね」

「せっかく名前伏せてたのに平然と見抜いてくるんじゃねえよ……っていうか、三辻《あいつ》ってスフィア内でもそんなに有名なのか？」

「ええ、かなり。直接の面識はありませんが、私も非常に優秀なプレイヤーだと聞き及んでいます。なので貴方《あなた》の判断は妥当だと思いますよ？　使える駒は使うべきですから」

「……駒って言い方は気に入らないけど、まあそうだな。秋桜《コスモス》にもお前にもまだまだ不確定な部分はいくらでもある。だからさっさと勝負を決めておきたいんだ」

「そうですか。その認識は全力で絶賛したいほど完璧な正解ですが、同時に救えないほど徹底的な不正解です——とだけ、今は言っておきましょうか」

「っ……！」

星乃宮は相変わらず真《ま》っ直《す》ぐに俺のことを見つめている。圧倒的な強者の瞳。揺らぐことなき〝頂点〟の風格。ただ見られているだけなのに、睨《にら》まれているわけですらないのに、俺の足は勝手にじりじりと距離を取り始める。

くそ……何だ。何なんだ、こいつは。

「——EUC三日目追加ルール」

大きく表情を歪《ゆが》める俺に何を言うでもなく、星乃宮は変わらぬ口調で話し始めた。

「私が定めるのは以下のようなルールです。《注目度ルール：エリア内に存在する〝ゲーム関係者以外の人間〟の視線総量を数値化し、各【キャラクター】の身体能力値に対するマイナス修正として扱う》」

「マイナス修正……つまり、視線を向けられれば向けられるだけ、ステータスが下がる？」

「その理解で間違いありません。貴方のルールよりは平等かと思いますが？」

「…………いやいやいや」

確かに。確かに、一見したところでは平等だ。

だけど、ちょっと考え直してみて欲しい。EUCのプレイ時間がほとんど放課後である以上、校内に残っている生徒というのは時間が経つごとにどんどん減少していくんだ。となれば当然、このルールに関《かか》わる〝視線の総量〟も時間と共に減っていく。行動を縛る〝枷《かせ》〟は後半よりも前半の方がずっと大きい。

つまり——俺側の視点では——せっかくの鬼である前半は《注目度ルール》のせいで派手な動きが取り辛《づら》く、そのくせ秋桜《コスモス》が鬼となる後半にはその制限が緩くなっている、なんていう、まさに最悪の構図が実現してしまったわけだ。

「…………」

小さく俯《うつむ》きながら右手をそっと首筋に添える。……やっぱり、上手《うま》い。恐らく星乃宮《ほしのみや》は、後にこのルールを制定することまで見越して一日目の《鬼の交代制ルール》を定めていたんだろう。いわゆる相乗効果《シナジー》の類《たぐい》だ。当然ながら、生み出される破壊力は抜群に高い。

でも、まあ——何にせよ、これでルールは出揃《でそろ》った。

「それじゃあ、二人とも。準備は良いかな。EUC三日目……ゲーム開始といこう」

先輩がキャンディーの棒をくいっと動かした刹那、俺はスマホの電源ボタンをカチカチッと連打して、眠りに沈んだ教室から再びゲーム世界に入り込んだ。

＃

「……呼んだひとが、まだきてない」

ＥＵＣ三日目前半戦。相変わらずぼんやりと薄暗い裏世界。

昨日と同じく図書室で俺たちと合流した三辻《みつじ》は、開口一番にそんなことを言ってきた。

「まだ来てない？」

「そう。ここってちゃんと言ったのに。じかんにるーずな人だから、たぶん、おくれてる」

「ああ、なるほど。そういうことか」

しゅんと俯く三辻に対し、春風《はるかぜ》と入れ替わった俺は長い金糸を揺らして頷《うなず》いてみせる。

今話題に挙がっている人物というのは、三辻の知り合いの裏ゲーム経験者だ。昨日の夕方、ＥＵＣの概要を知った彼女がすぐさま連絡を取った相手であり、即断即決で今日から参戦する手はずになっていた。〝学校の敷地内にいれば生徒だろうとなかろうと強制的にログインされる〟仕組みを逆手に取った、いわば人員拡大戦術である。

……である、のだが、残念ながらそいつがまだ来ていないと。

「はんせい。しょぼん」

「いや、別に落ち込まなくていいって。この三人だけでも戦力的には充分だし」

言って、俺は隣の鈴夏にも視線を遣《や》る。

そう。実は、昨日と一昨日《おととい》は彼女と入れ替わってログインしていた——まあログイン時

の座標的にたまたまそうなっただけだけど——俺なのだが、先ほどの授業中に、

『ね、ねえタルミ。えっと……あのね？　毎日あれと顔を合わせるっていうのは、いくら完全で完璧でパーフェクトなあたしでもちょっとだけキツいっていうか……』

と、珍しく本気《ガチ》トーンでの〝お願い〟を受けてしまったため、今回は位置を調整して春《はる》風《かぜ》と入れ替わることにしたわけだ。……って、あれ？　なんかこれ、状況的に〝春風を星《ほし》乃宮《のみや》への生贄《いけにえ》に捧《ささ》げた〟みたいに取れる文脈だな……。

「ふむふむ」

　俺がちょっとした罪悪感に苛《さいな》まれている中、当の鈴夏《すずか》は端末を弄《いじ》りながら小さな唸《うな》り声を上げていた。フリル満載のゴスロリ衣装。意思の強そうな紅《あか》い瞳にピンクの長髪。等身大の彼女に会うのはSSR以来だが、やはり不思議な引力のある少女だ。

　鈴夏は最後に「んっ」と一度だけ頷《うなず》くと、それから一気に顔を上げて俺を見た。

「待たせたわね、ハルカ——じゃない、タルミ。おかげさまでルールと仕組みは大体分かったわ。SSRの端末と構造はほとんど一緒みたいだし、これなら何にも問題なしよ！」

　自信満々にそう言って、一点の曇りもない満面の笑顔で胸を張る鈴夏。

　いつも通りの反応と言って差し支えない、が——ここで少しだけ変化が起こった。

「ん、ん……？　あれ？」

「？　どうしたんだよ鈴夏——って、これ……」

突如表情を強張《こわば》らせた鈴夏と同様、俺も大きな違和感を覚えて顔を歪《ゆが》める。見れば三辻《みつじ》も似たような感覚に襲われているらしく、無表情ながらムズムズと身体《からだ》をくねらせている。

「ん……ん、なにか変。からだ、ちょっとあつい……んっ」

「…………」

いやその反応はちょっと違うだろう。

熱いというか、重い――それが正確な表現だと思った。足が重い。腕が重い。どうしても動かせない、というほどではないにしろ、全体的に身体が怠《だる》い……って。

「……そうか。これが《注目度ルール》か」

重たい右手をどうにか首筋まで持ち上げながら、俺はゆっくりとそう呟《つぶや》いた。

《注目度ルール》。先ほど星乃宮が定めたばかりの、浴びている視線の総量をステータス負荷として換算するルールだ。間違いない。今俺たちが感じている〝重さ〟はそのルールによって生まれたものなんだろう。

状況を確認するため室内をざっと見渡してみる――繁盛しているというほどでもないが、それでも十五人ばかりの生徒の姿が確認できた。そして、彼らの視線は残らず俺たちに向けられている。さっきの鈴夏の声で一気に注目を集めてしまった形だろう。

幸い視線が集中したのは一瞬で、身体の拘束はすぐに解けたが……その後もちらちらと好奇の目を向けられているのは文字通り肌で感じられた。

「春風《あいつ》、普段からこんなに視線浴びてるのか……すげえな」

思わず身体《からだ》をよじりながら片腕で胸を庇《かば》ってしまう俺、もとい、金髪の美少女。

ちなみに鈴夏《すずか》は「当然ね」と澄ました顔でピンクの長髪をふぁさりとやっているが、その実嬉《うれ》しそうな笑顔がちょこちょこ零《こぼ》れ出している。三辻《みつじ》に関してはいつも通りの無表情を一応保ってはいるけれど、時折ぴくっと弾《はじ》かれたように肩を震わせている。

つまり——そう、つまりだ。

「…………三人全員、まともに動けそうにないと」

視線がある程度散って俺たちが図書室を出たのは、それからおよそ十分後のことになる。


「——そういえば」

端末の《探査《サーチ》》モードで突き止めた秋桜《コスモス》の潜伏箇所へと向かう途中、俺の右隣を歩いていた三辻が不意に小さく声を上げた。

「まおう、しつもん。EUCはきょうでみっかめ。なのに、なんでまだ終わってないの？」

「うっ…………それは、えっと」

「ふふん、そんなの考えるまでもないわ！　タルミの采配ミスよ、采配ミス！　ハルカゼが凄《すご》く良い子なのは認めるけど、ゲームの腕はあたしの方がずっと上なんだから！」

唐突な糾弾に言葉を詰まらせる俺の代わりに、一歩前を先行していた鈴夏がフォローなんだか自画自賛なんだかよく分からない主張を返してくる。けれど三辻はそれをさくっとスルーして、再び透明な瞳で俺を見た。

「あおってるわけじゃない。単純に、ぎもん。まおうなら簡単にくりあできそうなのに」

「あー……」

柔らかな頬《ほお》を掻《か》きながら言葉を濁す。……春風《はるかぜ》とはまた違う意味で逃げ辛《づら》い視線だ。だから俺は、小さく溜《た》め息《いき》を吐《つ》いて腹を括《くく》ると、三辻の問いに正面から答えることにした。

「理由は大きく分けて三つある。まず星乃宮《ほしのみや》の作るルールがことごとく上手《うま》いっていうのが一つと、秋桜――相手の電脳神姫《バグナンバー》の〝ドジ〟で絶妙に呼吸をズラされるっていうのがもう一つ。まあ、あれに関してはもしかしたら何かあるのかもしれないけど」

何せあの星乃宮織姫《おりひめ》が〝最高傑作〟とまで言ったんだ。どういう意図があるのかはまだ分からないが、少なくとも単なるドジっ娘《こ》ではないと思っておいた方が良いだろう。

「ん。……じゃあ、みっつめは？」

「ああ、三つ目は単純な話だよ。《隠密《ハイド》》だ。あれが思った以上に厄介すぎる。

この二日間で分かったことだけど……あのモード、一回使うと三分くらい効果が持続するらしくてさ。一回のバッテリー消費が10％だから、連続で使い続けても三十分近く途切れない計算になるんだ。ギリギリまで粘ってからピンチになった瞬間《隠密》使って全力で逃走、みたいな使い方なら多分その倍は保《も》つ。だから意外と詰め切れない」

「…………」

俺の説明を最後まで聞き終えると同時、三辻《みつじ》は微《かす》かに俯《うつむ》いて何やら思考に耽《ふけ》り始めた。

そしてたったの数秒後、すっと怜悧《れいり》な顔を持ち上げる。

「なら、はいどもーどを使われなければもんだいない？」

「……え？」

「ほかの二つはいまさらどうしようもない。むり。でも、三つめのだけは違う。どうしよ、うもある。……ね、まおう。はいどがなければ負けない？　ぜったい勝てる？」

「…………」

ほとんど感情の浮かばない瞳を真《ま》っ直《す》ぐ見つめ返しながら、俺は静かに頭を回す。教室の前を通り過ぎる度に飛んでくる視線が鬱陶しいけれど、別に身体《からだ》が重くなったって頭脳労働に影響はない。

――秋桜《コスモス》に《隠密《ハイド》》モードさえ使われなければ彼女を《捕獲《キャプチャー》》することが出来《でき》るのか？

それが問いなら、答えはもちろんイエスだろう。いくら秋桜が不可解なドジをやらかすからと言っても、さすがに《隠密》なしで追っ手を撒《ま》けるとは思えない。

「でも――どうやるんだよ、それ。《隠密》を使わせないって、要するにあいつを〝行動不能状態〟にするってことだろ？　確かにEUCの仕様的にダメージを蓄積させていけばそのうち動けなくなるはずだけど、その前に結局《隠密》されるのがオチだぞ」

「ん、そう。ちくせきはむずかしい。だから、いちげきで沈める」

「一撃で、って……いや、言いたいことは分かるけど、でも《生成《クリエイト》》モードの消費バッテリーって作ったアイテムの性能に依存するんだぜ？　そもそも【協力者】の端末はバッテリー回復もないわけだし、強烈な武器《ヤツ》作って躱《かわ》されでもしたら目も当てられないんじゃ」

「それも、だいじょうぶ」

　無表情のまま淡々と頷《うなず》く三辻に、俺と鈴夏《すずか》は思わず顔を見合わせる。……大丈夫？　大丈夫って、何が？

「わたしにさくせんがある。——だから、きいて」

　けれど三辻は、俺たちの不安など意にも介さず、ただただ小さくそう言った。

＃

「ひっさぁあっ……超電導式量子加速砲《ハイパーレールガン》っ！」

「ひにゃぁあああああああああああ!?」

　前方数メートルの距離をひた走る秋桜が、鈴夏の声に反応してすっ転ぶ——刹那、一瞬前まで彼女の身体があった位置を漆黒の銃弾が突き抜けた。超電導式なんとかではなく普通の拳銃から放たれた普通の鉛玉だ。けれど当たればかなりのダメージが期待できたのは同じことで、それだけに奇妙な躱され方をしたのは痛かった。

撃った張本人である鈴夏《すずか》なんか頬《ほお》を引き攣《つ》らせながらプルプルと震えている。

「ぐ、ぬぬ……た、タルミ！　何なのよあいつ!?　さっきからどったんばったん転びまくってるくせに、どうしてちっとも捕まらないの!?」

「そんなの俺が訊《き》きたいっての……っていうか、何だよさっきの必殺技っぽい宣言」

「？　儀式に決まってるじゃない。大技を放つときは堂々と名前を叫んでからじゃなきゃいけないの。今回は省略しちゃったけど、前振り《詠唱》があるとなお良いわね」

全くタルミは常識がないんだから、とか何とか言って頬を膨らましつつ、例の次世代兵器（拳銃）をもう一度構える鈴夏。

その射線の先では、ようやく立ち上がったメイドが涙目になって何やら訴えていた。

「な、なな……なんてことするの、鈴夏ちゃん!?　おねーちゃんだよ！　鈴夏ちゃんにとって世界にただ一人の愛すべきおねーちゃんなんだよ!?　何で撃つの！　めっ!!」

「どうして撃つか——愚問ね。手の中《ここ》に武器があるからよ！」

「鈴夏ちゃんまさかの拳銃持つと性格変わる人《トリガーハッピー》!?　う、う〜っ！　わたしがおねーちゃんなのに！　敵だけど、敵である前に姉妹なのにぃっ！」

「ふふん、一体何を言ってるのかしら。逆よ逆。あたしとあんたは確かに姉妹だけど、それはそれとして今は敵だわ！」

「ぇえぇ!?　ど、どうしよ……鈴夏ちゃんがグレちゃった。ギラギラの悪い子になっちやった！　そ、それもこれも夕凪《ゆうなぎ》くんのせいだよ⁉」

秋桜《コスモス》は薄紫のセミロングを揺らしながら俺に指を突き付けてくる。……が、直後、再び飛んできた弾丸に「ひゃひっ⁉」と身体《からだ》を跳ねさせて、それからしばらくの間うーうー唸《うな》って鈴夏を見遣《みや》っていたかと思えば結局パッと身を翻して走り出した。

「も、もう嫌ですぅううううううううっ！」

「…………」

まあ、そりゃ嫌にもなるだろう。

ひらひらと風に舞うスカートを眺めながら、俺は少し思考に耽《ふけ》ることにする。秋桜のドジがあまりに不憫《ふびん》、という感想もあるにはあるが……それよりも〝やはり彼女には何かある〟という確信の方が強かった。

何せ、今のやり取りの間、星乃宮からの通信が、一度も割り込んできていない。

昨日までの対応と比較すれば、違和感どころか異常事態だ。

「――あ、また逃げる……！　ほら、追うわよタルミ！　見失っちゃうじゃない！」

「お、おう」

……モヤモヤと思考が定まらない俺とは対照的に、鈴夏の方は容赦がなかった。風に靡《なび》くは絢爛豪華《けんらんごうか》なゴスロリドレス。長髪の跳ねるその背を追いかけ、俺も遅れて走り始める。

ちなみに――今俺たちが走っているのは、特別校舎二階の廊下部分だ。

特別校舎というのは文字通り、音楽室やら美術室やら、そういう〝通常授業を行うわけではない〟教室を集めた校舎のこと。そして、その性質上、放課後には文科系クラブが集う部室棟のような趣になる。

だからこの時間でもそれなりの数の生徒が残っている……はずなのだが、みんな熱心に練習しているのか、今のところまとまった量の視線には晒《さら》されずに済んでいた。

「おい――おい、鈴夏《すずか》」

その辺りでようやく鈴夏に追いついた俺は、彼女の耳にこそっと耳打ちをする。

「お前、作戦忘れてるんじゃないだろうな？　さっきからちょっと攻めすぎだぞ」

「え？　……うーん、そうかしら」

「そうだよ。大体さっきの拳銃だって――」

「超電導式量子加速砲ね」

「……その何とか砲だって、下手したら《隠密》モード使われてただろ。たまたま普通に避《よ》けてくれたから助かったけど、これじゃいつ破綻《はたん》してもおかしくない」

――そう。

今回の作戦《シナリオ》を実行するに当たって、俺たちが三辻《みつじ》から課せられた第一の要求項目は『秋桜《コスモス》に〝《隠密《ハイド》》を使わなくてもギリギリ逃げ切れる〟と錯覚させる』ことだった。故《ゆえ》に攻めすぎなんて禁忌も禁忌。適度に手を抜きながら秋桜を追い回す必要がある。

「む……むむ……ああもうっ！　分かったわ。ちょっとだけ抑えることにする」

鈴夏はしばらく抵抗しようとしていたものの、何だかんだで最終的には折れてくれた。

ほっと安堵《あんど》の息を漏らす。……鈴夏の暴走さえなければ〝攻めすぎない〟はそう難しい任務じゃないだろう。どちらかと言うと、難易度が高いのはもう一つの方だ。

そして、その〝もう一つ〟というのが——

「それでタルミ、中庭ってのは結局どっちにあるわけ？」

——作戦決行ポイント〝中庭〟に秋桜を誘導すること。

それだけ、と言ってしまえばそれだけだ。三辻が言うには、たったそれだけで全ての準備が整うらしい。時間がないからということで詳しい流れについては教えてくれなかったが、まあああの〝氷の女帝〟が断言したんだ。疑う必要があるとも思えない。

「中庭は……特別棟《ここ》からだと、確か一階西側の昇降口を出たところだな」

「そう言われたって分かんないわよ。ここからだとどうなの？　遠い？」

「いや、割と近いぞ。この廊下を突き当たりまで行って階段を下りればすぐだ。……けど、ちょっと微妙なところだな。あいつ、上るか下りるかなら上る気がする」

何となくだけど。昨日も屋上にいたし、それに馬鹿と煙は——何でもない。

「？　えっと、とにかくあそこの階段で下を選んでくれればコスモスは中庭に行くのね？」

「あ、ああ。まあそうだな。俺たちが後ろにいるんだから、上か下にしか行けないし」

「そ、なら充分よ。それじゃあちょっと待ってて」

　言うや否や、鈴夏は《生成》モードを起動して何ともメカメカしい加速ボードを顕現させた。同時に《加速》も重ね掛けし、ほんの一瞬だけ悪戯っぽい笑顔で俺に手を振ったかと思えば超高速で後ろへ消える。……ああ、なるほど。どうやら逆サイドの階段を上がって三階を駆け抜け、秋桜より早く西側階段の〝上〟を陣取るつもりらしい。

「はっ……はぁっ……ち、ちら」

　数歩分だけ前を走る秋桜は、時折ちらっと俺の方を振り返ってはむむむと唸り、額の汗をぐっと拭ってまた足を踏み出している。

　――そうこうしている間に、早くも問題の西側階段まで辿り着いてしまった。

「う……こ、こっち！」

　少しだけ迷いを見せた秋桜だったが、やはり案の定三階へと進路を取ることに決めたようだ。メイド服のスカートがひらりと大きく持ちあがり、薄紫色の流麗な髪が背中で跳ね、瞬く間に彼女の姿が視界から消える――その直前。

「ふふんっ、遅かったわねコスモス！　残念ながらこっちの道は行き止まりよ！」

「ふ、ふぇ……ええ!?　う、うそっ！　鈴夏ちゃんのばかぁっ！」

　二階と三階の間の踊り場で腰に手を当て仁王立ちする鈴夏。そんな姿を目の当たりにして、秋桜は文句を言いつつ無理やり進む方向を変えた。現状で唯一安全な〝下〟――一階へと下り、そのまま脇目も振らず中庭へと駆け抜ける。

ここで一応補足しておくが、この学校における〝中庭〟というのは体育の授業で使うグラウンドとは別の〝もう一つの校庭〟のことだ。ちょっとした丘みたいになっているスペースで、昼休みには弁当を持ち寄る生徒で賑《にぎ》わっていたりする。ただ、放課後に混み合うような場所でもなく、今はせいぜい数組のカップルがたむろしているくらいだった。

そのため《注目度ルール》の影響はあまり大きくない。

「——で。とりあえず中庭《ここ》まで誘導したのは良いけど……それが何だって言うんだ？」

徐々にペースを落としながら小さく首を捻《ひね》る俺。

三辻《みつじ》の指示はここまでだ。この先どうしろというのは特に聞いていない。『しばらく何もなければ二人で攻めるぞ』といった趣旨のアイコンタクトを隣の鈴夏と交わしつつ、ただただ一定の距離を置いて秋桜の動きを牽制《けんせい》し始める。

まさに、その時だった。

「——《隠密《ハイド》》ッッ‼」

「「っ⁉」」

空間を切り裂くように放たれた大音声《だいおんじょう》。それが信じがたいことに三辻からの指示だと気付いた瞬間、俺と鈴夏は弾《はじ》かれるように端末を撫《な》でて《隠密》モードを起動していた。迷う余地なんてどこにもない。一刻も早く存在を隠す。

眼前の秋桜《コスモス》だけが事態に付いていけず「え？　え!?」と狼狽《うろた》え始めた……直後、

『━━━━━━━━━━━━━━━━━━━━━━━━━━━━ッッッ!!』

耳を劈《つんざ》くような轟音が辺り一帯に鳴り響いた。

「っ」「きゃっ！」

反射的に両手を耳に押し当て、しゃがみ込んでしまうほどの大音響だ。見れば鈴夏《すずか》の方も──ああ、ちなみに《隠密《ハイド》》は同陣営のメンバーには効果を及ぼさない──概《おおむ》ね似たような反応をしている。そして秋桜もまたびくーんと身体《からだ》を跳ねさせ、それからハッと気が付いたように口を開く。

「ぁ……っ！　は、《隠密》モ──」

けれど、秋桜の言葉が最後まで紡がれることはなかった。

何故《なぜ》なら……ああ、ここまで来ればさすがに誰でも分かるだろう。そう、何故なら、先ほど三辻《みつじ》が発生させた爆音に釣られるようにして、ＥＵＣ世界でいつも通りの放課後を過ごしていた生徒たちが、一斉に中庭を見下ろし始めたからだ。

「──なになに、今の何の音？」「何か爆発したみたいな音しなかったか？」「やべえって　やべえって！　事件だって！　俺らもさっさと逃げた方が良くない!?」「とか言いながらツイッ○ー開いてんじゃねーかお前」「ていうかあそこ、誰かいるよね？」「なんか倒れて

「……え、メイド？」「メイド!?　うっわマジだ！　初めて見た！」

口々に漏らされる好き勝手な感想。これでもかとばかりに降り注ぐ視線、視線、視線。

そう……そうだ、そうなんだ。

《隠密》中の俺や鈴夏は躱《かわ》せているが、反面、今も独り取り残されている秋桜には何十何百もの視線が集中している。《注目度ルール》により〝重圧〟へと変換される数多の眼が。

「……うわぁ……」

何と言うか、えげつないくらい完璧な詰ませ方だった。

恐らく、三辻は《生成《クリエイト》》モードで何か〝大音響を発生させるアイテム〟を作ったんだろう。そして校舎からの視線が最も集まりやすい中庭に秋桜を誘い込むと、俺と鈴夏に《隠密》を使うように促してからそいつを派手に轟《とどろ》かせた。

誰に向けてでもなく、ただ目立つためだけに――だ。

「っ……ん、ん………」

……そんな〝女帝〟の術中に嵌《は》まった秋桜の方は、既に完全な硬直状態に陥っているらしく、メイド服に包まれた肢体と赤い髪をぐったりと地面に投げ出している。

俺は、何となく罪悪感を覚えながらも彼女に近付こうとして――瞬間、小声で制された。

「（だーめ。タルミはそこで黙って見てなさい。あたしに全部任せておくと良いわ）」

「(え?　……あ、おいっ!)」

「(~♪)」

返事を待ちもせずに意気揚々と秋桜《コスモス》の下へ歩き出してしまう鈴夏《すずか》。

フラグ的な意味では不安しかない、が……まあ残っている作業なんて簡単なものだ。可能な限り秋桜に密着した状態で《捕獲《キャプチャー》》モードを起動し、その上で自らの《隠密《ハイド》》を切ればいい。それで終了《クリア》だ。もはや波乱なんか起こる隙もないだろう。

ほとんど〝勝利〟を確信してもいいくらいの決定的な場面。

〝電脳神姫《バグナンバー》〟と〝世界〟を賭《か》けた裏ゲーム《EUC》は、開始から三日目にして早くも幕を――

「――ちょっと、待て」

今、何か……変じゃなかったか?

目の前の光景に痛烈な違和感を覚えた俺は、澄み切った碧眼《へきがん》をぎゅっと閉じてからもう一度それに視線を遣《や》ってみることにする。が……やっぱりおかしい。どうやら見間違いなんかじゃないみたいだ。気絶している秋桜の髪が、一房だけ赤く染まっているのは。

――柔らかな薄紫に混じる一筋の鮮赤。

割合で言えばほんの一部でしかないのに、その〝赤〟は強く強く自己主張している。それと同時に、際限ないくらいの嫌な予感を直接俺の思考回路まで叩《たた》き込んでくる。

「……っ。す、すず――」

だから俺は、何が起きているかは分からないものの、とにかく鈴夏を引き戻そうとして。背筋を駆け抜ける悪寒に抗《あらが》うように無我夢中で腕を伸ばそうとして。

「――――は？」

けれど――それでも、そこまで反応できていてなお、俺には目の前で生じている現象の意味が微塵《みじん》も理解できなかった。いや、もしかしたら脳の方が理解を〝拒否して〟いるのかもしれない。それくらいの混乱、あるいは動揺。

……乱れた思考を整理するためにも、今見た何かをそのまま描写してみることにしよう。

まず、俺が鈴夏の名前を呼ぼうとした瞬間、《隠密》モードに入っていた彼女がいきなりそれを解除した。ただ、まあここまでは分かる。あらゆる干渉を無効にする《隠密》状態では秋桜を《捕獲》することも出来《でき》ないから、どうしたって必要な操作だ。

問題はここから。

《注目度ルール》で雁字搦《がんじがら》めに縛られ、完全に動けないはずの秋桜――そんな彼女が、不意に目を開けたんだ。少し前まで藍色《あいいろ》だったのに今や真紅に染まった両目を光らせ、勢いよく身体《からだ》を跳ね起こす。そして常識では考えられないほど滅茶苦茶《めちゃくちゃ》な挙動で《捕獲》を回避し、そのままカウンター気味に鈴夏の肩を片手で突いた。

「へ？　きゃっ――――！」

呆気《あっけ》に取られたような悲鳴が耳朶《じだ》を打つ。……信じがたいことだが、軽く押されただけにもかかわらず、鈴夏《すずか》の身体《からだ》が遥《はる》か後方へと弾《はじ》き飛《と》ばされていた。彼女は整備された地面の上をゴスロリドレスで何度もバウンドし、止まったところで「っつぅ……」と呻《うめ》く。

「く、そ……っ！　おい、大丈夫か鈴夏⁉　鈴夏！」

「――来ないでッ！」

「っ……は、はあ？」

「心配しなくたってあたしは大丈夫よ、タルミ。だから来ないで。今はそんなことしてる場合じゃないわ。いいから、何でもいいから――あんたはさっさと逃げなさい！」

うつ伏せになって顔をしかめながらも気丈にそんな〝警告〟を絞り出す鈴夏。

その血相の変化にハッと思い当たって端末を見れば――さっき起動した《隠密》モードが早くも時間切れで効果を失っていた。……ああ、なるほど。それなら確かに一刻も早く逃げなきゃいけない。何せ《隠密《ハイド》》による加護を失ったということは――

「……索敵完了。前方に《敵性参加者《プレイヤー》》を発見しました。脅威度推定により第四級《ランク4》位相当の《固有能力》使用を解放します。作戦目標：《撃破殲滅《せんめつ》》」

――俺も既に、秋桜に見つかっているということなんだから。

「ッ‼」

どこか機械的な声を鼓膜に捉えて弾かれるように振り返った瞬間、俺の両目は恐ろしいくらいの勢いで迫り来る秋桜《コスモス》の姿を捉えていた。さっきまでのぽわぽわしたドジっ娘《こ》とは別人のようにすら見える鋭い表情、そして挙動。彼女は一瞬で俺との距離を詰めると、セミロングの髪を舞い散らせながら真《ま》っ直《す》ぐに手を伸ばしてくる。

「く……らうかよ、そんなの！」

ほとんど不意打ちみたいな攻撃だったが、鈴夏のおかげでギリギリ回避が間に合った。

けれど、反撃に転じようとしてすぐに気付く――身体が重い。《隠密》が途切れたことによって俺にも多くの視線が集中し、決して無視できない〝枷《かせ》〟が生じているんだろう。

それは分かる。分かるのだが……なら、どうして秋桜は普通に動けているんだ？

「…………」

重たい右手を首筋へ遣《や》る。微《かす》かに汗を吸い始めた金糸をさらりと払う。

……もう少し。もう少しだけ、まともに思考を回せる時間と場所が必要だ。秋桜が何故《なぜ》か《注目度ルール》の影響を受けていない以上、中庭《ここ》は向こうにとって有利なフィールドでしかない。人目がない環境に戦場を移す方が得策と言えるだろう。

「ふう……」

ああ、そうだ――そろそろ意識を切り替えろ、垂水夕凪。

秋桜の豹変《ひょうへん》っぷりは確かに異常だけど、これくらいで狼狽《うろた》えてどうするんだ。ＥＵＣはＲＯＣやＳＳＲと同じ裏ゲーム。そもそも善意で作られたモノじゃない。順当に進めていくだけで攻略《クリア》出来《でき》るだなんて、そんなの端《はな》から有り得ない。

だから、

「端末起動——《生成《クリエイト》》モードッ！」

少し離れた位置から秋桜《コスモス》を睨《にら》み付けながら、俺は一つのアイテムを作成した。それはゲーム世界ならではの便利道具。バッテリー消費20％の——言わば、壁面を走れる靴だ。

「……来れるもんならついて来いよ、秋桜」

想像以上にゴツかったそれを両足に装着し、俺は秋桜へニヤリと歪《ゆが》んだ笑みを向ける。そして、激しい注目を浴びるのも承知で……校舎の壁に勢いよく足を叩《たた》き付けた！

「せっかくだから一番上で相手してやる！」

「……《敵性参加者》が逃亡しました。追跡します」

俺の啖呵《たんか》に一切反応することなくそう呟《つぶや》いて、秋桜はすぐに後を追ってきた。……やはり独特な喋《しゃべ》り方だ。機械的というか形式的というか、何となく自動作用《オートマティスム》という単語が頭を過《よ》ぎる。髪や瞳が赤く染まっていることも含めて、まさに覚醒モードといった様相だ。

「もしかして……あれがあいつの能力なのか？」

校舎の壁を駆け上がる、なんて不思議体験をしながらそんな推測を口にする。

はっきりしたことはまだ分からないが——例えば、本人の意思に関《かか》わらず発動する自動迎撃性能のような能力だとか。もしそうだとすれば例の〝ドジ回避〟についてもその予兆だったのだと納得できるし、逆に、昨日までの星乃宮《ほしのみや》が細かく指示出しをしていたのはそれを隠すための行動だったということになる。

けれど。

「……それだけじゃない」

それだけじゃ、秋桜が《注目度ルール》をすり抜けたことの説明にならない。

というか……前提として、そもそもEUCでは現行のルールに違反する能力の使用は全面的に禁じられているんだ。どんな能力を持っていようとルール破りは絶対できない。だとすれば、秋桜はどうやって鈴夏《すずか》の《捕獲《キャプチャー》》を躱《かわ》したんだ？

「……はっ……はあっ」

上階へと進むごとに校舎のあちらこちらから悲鳴と歓声が沸き上がって、反面、角度的に見え辛《づら》くなってくるのか視線の束縛は薄れていく。

屋上まで辿《たど》り着《つ》いた時点で身体《からだ》に感じる重みはすっかりなくなっていたが……ほっと息を吐《つ》いたのも束《つか》の間《ま》、すぐに前傾姿勢の秋桜が追い付いてきた。

「《追跡目標》を捕捉しました。戦闘行為再開――」

「すんじゃねえ、っての！」

咄嗟《とっさ》に《加速《アクセル》》モードを起動しながら何とかその攻撃に対応する。が、しかし、秋桜の移動速度はやっぱり異常だ。高速移動なんて生易しい次元はとうの昔に超えている。喩《たと》えるなら、そう、いっそ瞬間移動みたいな――距離の概念が適用されない移動方法で。

「……距離の、概念が、適用されない？」

秋桜《コスモス》から大きく距離を取りつつ、俺は白い右手を首筋へ遣《や》った。

——近い。多分、この辺りだ。

秋桜の〝移動〟が常軌を逸しているほどに速いのは、そもそも彼女に〝距離〟の概念が適用されないから。そうだとすれば、もしそれが本当に正しいのだとすれば、ルール云々《うんぬん》以前にこの世界の根本的な設定が改変されているということになる。

なら同様に、秋桜が《注目度ルール》下でも自由に動けたのは……まさか、他の生徒には彼女が見えていなかった？　全員の認識が書き換えられていたのか？

「…………」

分かってる。こんなのあまりにも突飛な発想、荒唐無稽《こうとうむけい》な考えだ。

だけど——だけどそうだ、思い出せ。秋桜は電脳神姫《バグナンバー》一番機《コードオリジナル》。最初期の裏ゲームと同時に生まれた原初の電脳神姫だ。そんな彼女が持つ特殊能力とは一体何だ？　秋桜がいたからスフィアは裏ゲームを行うことが出来《でき》るようになったんだ。秋桜がいたから、スフィアはこれほど緻密なゲームフィールドを構築できるようになったんだ。

だったら、最初から、答えは一つだけじゃないか。

「……裏世界そのものへの、干渉能力……っ!?」

『——なるほど。さすがに素晴らしい洞察力をお持ちですね』

「ッ！　星乃宮《ほしのみや》……!!」

突如秋桜の端末から響いた静かな声に、俺は整った顔付きを思いきり歪《ゆが》ませた。

反面、星乃宮織姫《おりひめ》は、淡々とした口調の中にほんの少しだけ誇らしげな雰囲気を織り交《ま》ぜながら、俺の馬鹿げた推測を全面的に肯定する。

『その通りです。電脳神姫一番機・秋桜の能力は〝裏世界の創造及び改変〟。裏ゲームの世界《フィールド》を作り出す側の能力です。つまり……まさしく支配者なのですよ、今の彼女は』

「支配者って……そんなの」

『有り得ない、と思いますか？　ですが今、他ならぬ貴方《あなた》自身が「それしかない」と考えたのでしょう？』

薄笑いを含んだ彼女の声に反論できず、俺は黙ったまま両の拳を握り込んだ。……ヤバい。それは、その能力は、いくら何でも反則だ。ルールに抵触しないまま世界の方を弄り倒すなんて、そんなのあまりにも凶悪過ぎるだろう。

動揺と驚愕《きょうがく》で大きく高鳴る左胸に、ぎゅっと拳を押し当てる。

……唯一の救いは、今がまだ前半戦だということか。後半に入らないうちは俺サイドが鬼だから、どれだけ攻め立てられたところでゲーム的な意味での敗北はない。

まあ、逆を言えば、もしこのモードの秋桜に《捕獲《キャプチャー》》モードまで備わってしまったら冗談抜きで即刻全滅の可能性もあるということだが——

『ええ、はい。それが分かっているのなら良かった。……秋桜《コスモス》、時間を』

「午後四時五十七分二十三秒。ＥＵＣ三日目開始から一時間二十九分五十八秒……五十九秒……定刻。後半戦への突入と同時に《捕獲《キャプチャー》》モードの使用が解放されます」

「────は!?」

う、嘘《うそ》だろ？　もうそんなに時間が経《た》っていたのか……!?

耳に飛び込んできた情報を否定して欲しくて俺は端末に視線を向ける。けれど、現実は非情だった。現在時刻は秋桜の報告通り。追走や戦闘に集中させられていた間に思いの外大量の時間を消費していたらしい。

ということは──つまり、今の〝鬼〟は秋桜で。

ついさっき頭を過《よぎ》った最悪の展開通り、至極簡単に俺たちを詰ませることが出来る。

「……《端末起動》」

左腕の端末に一度だけそっと触れ、再び瞬間移動で俺との距離を詰める秋桜。俺はどうにか《加速《アクセル》》を入れて躱《かわ》しまくるが、それも単なる時間稼ぎにしかならなかった。

瞬《またた》く間に追い詰められて。一切の逃げ場を失って。

もはや星乃宮《ほしのみや》の指示を待つまでもなく独立稼働に移行した秋桜が、冷徹無比な表情を浮かべたまま思いきり接近してきて──しかし、まさにその瞬間だった。

「かはっ。よぉ、遅れて悪かったな夕凪《ゆうなぎ》。……んで？　これは何の取り込み中だ？」

うんざりするくらい聞き覚えのある声と共に、見慣れた焦げ茶髪の不良が俺の目の前に立ち塞《ふさ》がったのは――。

＃

「……チィッ！」

忌々しげな舌打ちとほとんど同時、カンッと高い音がして十六夜《いざよい》の持っていた拳銃が遥《はる》か後方に弾《はじ》き飛《と》ばされた。

直後にメイド服のスカートがふわりと舞ったところを見るに秋桜が蹴り飛ばしたのだろうという推測は出来る《でき》……が、いかんせん、あまりにも早業過ぎるため攻撃《アクション》の瞬間は見えてすらいない。そういう次元のやり取りだった。

「かはっ――いいぜ、てめー。悪くねえ。こりゃ久々に楽しめそうだなおい！」

ただ、それも無類の戦闘狂かつ〝強敵を求める〟性質のある十六夜にとってはむしろ歓迎すべき状況であるらしく、ヤツはニヤニヤと愉《たの》しげに口角を持ち上げながら叩《たた》き付けるような仕草で左腕の端末を起動している。

「あー、っと？　んじゃあ……《生成《クリエイト》》と、それから《加速》。んでもっかい《加速》だ」

——ノータイムで《加速《アクセル》》重ね掛け、か。

どこで端末の操作を覚えてきたのかは知らないが、再度《生成《クリエイト》》された拳銃は明らかにさっきよりゴツくなっているし、心なしか表情も若干の真剣さを帯びているような気がする。今の攻防を通じて秋桜《コスモス》への警戒レベルが上がった、ということなんだろう。

と、十六夜《いざよい》の〝臨戦態勢〟に反応したのか、秋桜の方にも少し動きがあった。

「……《敵性参加者》の増員を確認。《生成》モード、解放します」

真っ赤に染まった瞳で虚空を見つめながら淡々と一言。

彼女が作り出したのは、武器だった。それも、刃渡りだけで一メートルは超えそうな長柄の日本刀だ。今まではずっと徒手空拳で攻めてきていた秋桜だが、どうやらこちらも警戒を強めているらしい。

歪《ゆが》んだ笑みを浮かべる十六夜と、視線を少し下げながら静かに機を窺《うかが》う秋桜。

しばしの硬直の後、交戦の火蓋を切ったのは——十六夜弧月《こづき》の方だった。

「ら、あッ！」

目眩《めくら》ましのつもりかジャケットを靡《なび》かせながら、十六夜は秋桜に向けて真正面から銃弾を放つ。音速オーバーの弾丸が勢いよく宙を引き裂いていくが、しかし秋桜の反応は冷静だった。例の〝瞬間移動〟で銃弾を躱《かわ》すと、そのままの流れで十六夜の懐に潜り込む。

「ッ——!!」

そして一閃《いっせん》、微塵《みじん》も躊躇《ためら》うことなく横薙《な》ぎに刀を振るった。……恐ろしいくらい鋭角な反撃技《カウンター》だ。普通ならこれだけで勝負が付いていても全くおかしくない、が。

「――ああ？　んだよ、やる気あんのかてめー。遅すぎてあくびが出るっつの」

残念ながら――心の底から残念ながら――あの戦闘狂は普通じゃない。いつの間にかバックステップで斬撃の射程外に逃れていた十六夜《いざよい》は、拳銃のバレル部をこめかみに押し当てながらニヤニヤと秋桜《コスモス》を煽《あお》っている。

……ただ、恐らくだが、今の発言はブラフだ。

俺と十六夜の動体視力の差はどうあれ、秋桜の動きは決して〝遅く〟などない。むしろ目で追うのもやっと、というくらいには超高速だ。ならどうして彼女の攻撃を避《よ》けられるのか、という話になるのだが、それは偏《ひとえ》に〝読みやすい〟からと言ってしまっていいだろう。秋桜の動きは的確で、最善で、けれどだからこそ機械的《テンプレート》なのだ。

「…………」

そんな弱点（まあ弱点と言うと大袈裟《おおげさ》かもしれないが）が発覚した秋桜は、薄紫の髪をはらりと頬《ほお》に流しながらじっと十六夜を見つめている。言葉の真意を探るように視線を落としながら、右手をそっと端末に添えている。

何を……って、いや……まさか。

「――《隠密》モード起動」

瞬間、秋桜の姿がじわりと宙に溶けていった。

《隠密《ハイド》》モード……ああ、それはマズい。《隠密》状態では他人に干渉できない以上、攻撃の直前には解除されるのだろうが、そこに至るまでの〝道筋〟が隠されることには変わりない。そうなればもう次の動きなんか読めるはずもないだろう。

「チッ！　オレの柄じゃねえが……そうも言ってられねえな。《生成《クリエイト》》モードッ！」

そのことを早々に悟ったんだろう。十六夜は《生成》で大きな盾を作り上げる、が――

「……先の発言の意図を正確に把握しました。確かに、遅すぎてあくびが出ます」

「ガッ……！」

――突如真横に現れた秋桜に思いきり刀を振るわれ、軽々と宙を舞っては俺の近くまで飛ばされてきた。

「っ……てぇな、おい」

愉悦と苛立《いらだ》ちが半分ずつ、といった表情で舌打ちを飛ばす十六夜。今のダメージで相当身体能力値《ステータス》に負荷《マイナス》がかかっているのか、いつもの獰猛《どうもう》な笑顔も若干鳴りを潜めているように見える。……まあ、とは言えこいつ、今の斬撃にも一応盾をぶつけて直撃だけは回避してるんだけどな。相変わらず化け物クラスの反射神経だ。

と、そんな十六夜が、俺に胡乱《うろん》な視線を向けてきた。

「おい夕凪《ゆうなぎ》、んだよあの天変地異みてえなガキは。てめー知ってんだろ？」

「むしろ何も知らないで喧嘩《けんか》売ってたのかよお前……ったく。いいか？　あいつは電脳神《バグナン》姫《バー》だ。電脳神姫一番機。名前は秋桜《コスモス》」

「……おいおい、マジか。かはっ、なるほどな！　ああ、そりゃ道理で強《つえ》ぇワケだ！」

「鬱陶しいからそれ以上テンション上げるんじゃねえ戦闘狂。……ってかお前、そもそも何でEUCにいるんだ？　この学校の生徒じゃないだろ」

「あ？　そりゃアレだ、あのクソ女──女帝に呼びつけられたんだよ。決まってんだろ？」

「……〝知り合い〟ってお前かよ……はあ」

「はっ。なに露骨に溜《た》め息吐《いきつ》いてやがんだよてめー、終《しま》いにゃ揉《も》みしだくぞ」

「言ってろ。春風《こいつ》に一ミリでも触れたらてめえの頭から漂白剤ぶちまけてやる」

「あ？」「ぁあ？」

『──随分と仲がよろしいのですね』

「「ッ!!」」

地面に身体《からだ》を投げ出したまま十六夜《いざよい》とメンチを切り合っていると、ゆっくりこちらに向かってくる秋桜の端末からくすくすと笑みの混じった声が漏れ聞こえてきた。

反射的に立ち上がる。……ああ。まあ認めるのは癪《しゃく》だが、突然横槍《よこやり》を入れてきたどこぞの戦闘狂《バカ》のおかげで多少なりとも体力は回復していたみたいだ。だから、

「十六夜、お前はそこで寝てろ。──今度は俺の番だ」

長い金糸をふわりと払いながら言い捨てて、俺は、秋桜と真っ向から対峙《たいじ》した。

……正直、どうすればこの場を切り抜けられるかなんて全く思い付いていない。バッテリーはもうほとんど残っていないし、反面、三日目が終了するまでにはまだまだたくさんの時間がある。

それでも——ここから逃げ出す、という選択肢だけは持ち合わせていないから。

「…………」

無言で俺の瞳を覗《のぞ》き込んでくる秋桜の眼《め》を見つめ返し、じりじりと睨《にら》み合いの体勢に移行する。二人の間に漂う緊張感は加速度的に増していき、やがて臨界点を突破する——と、思った、ちょうどその時だった。

「…………ふにゃあ」

「……へ？」

突然気の抜けたような声を漏らし、秋桜がふらりと身体を倒したんだ。

咄嗟《とっさ》に駆け寄って腕を差し出してみると、いわゆる生存本能というヤツが働いているのか、秋桜は無意識のうちにぎゅうっと俺に縋《すが》り付いてきた。柔らかな肢体が覆《おお》い被《かぶ》さってきて、やがてバランスが崩れて押し倒される。

ふわりと鼻をくすぐる濃密な甘い匂い。

さらに、そこでようやく気が付いたのだが——秋桜の姿がすっかり元に戻っていた。目

を瞑《つぶ》っているせいで瞳の方は分からないものの、少なくとも髪の一部が赤く染まっている
ようなことは既にない。この秋桜は、俺が知っているドジっ娘《こ》メイドの秋桜《コスモス》だ。

……な、何だ？　一体何が起こっている？

俺が内心で大混乱していると——ふと、秋桜の端末が小さく震えた。

『時間切れ、ですか。……仕方ありません。では今日のところは勝敗付かず《ドロー》ということにしておきましょう。続きはまた、明日のゲームで』

たったそれだけを通達して返事も聞かずに通信を切る星乃宮《ほしのみや》。……時間切れ。勝敗付かず。動揺で思考を放棄していた脳が少し遅れてそれらの情報を噛《か》み砕いていく。

噛み砕いて、理解して——そして。

「……は、はぁああああああ………」

ＥＵＣ三日目の後半戦は、俺が放った安堵《あんど》と疲労の溜《た》め息《いき》によって盛大に締《し》め括《くく》られた。

＃

——翌日の早朝。

「なんか……あんまり寝れなかったな」

俺は、少し重い気がする頭をふるふると振りながら身体《からだ》を起こした。

寝不足の理由は単純だ。昨日のゲームにおいて秋桜が見せた覚醒モードの考察と、そ

れに関する戦略構想――何せ、あれの対処方法が見つからないことには、再びゲームが始まったところで同じ展開の繰り返しになるだけだ。いや、三辻《みつじ》や十六夜《いざよい》のバッテリーが消耗していることを考えれば、昨日よりも劣勢に追い込まれることは想像に難《かた》くない。

けれど一晩中頭を悩ませていた甲斐《かい》もあって、攻略の糸口自体は既に掴《つか》めていた。

「昨日、秋桜が〝覚醒〟してた時間は十分ちょっとだ。星乃宮の言い方からすれば多少の誤差はあるんだろうけど……とにかく、あのモードの持続時間は多分そんなに長くない」

――そう。

一定の危機《ピンチ》を迎えると覚醒し、そこから十数分経《た》つと電池が切れたように倒れ込むんだから、要はそのタイミングをもっと前にズラせばいいだけだ。彼女がまだ《捕獲《キャプチャー》》モードを使えないうちに覚醒状態を解除させてしまえば、秋桜は簡単に無力化できる。

「多分、そういうデメリットがあるから星乃宮も昨日まで隠してたんだろうな」

であれば、その弱点を突かない手はないだろう。

けれど……そのためには、前半が終わるより十分ないし十五分ほど早く秋桜を覚醒させる必要がある。余裕を見るならもう少し早く、だ。〝後半に入ったら即詰み〟くらいの認識を持っておいても損はない。――だから、

「やっぱり、攻めるべきだ。多少リスクはあるけど……長引けば長引くほど不利になる」

俺は、今朝方になってようやく辿《たど》り着《つ》いた結論をもう一度思い起こし、それから小さく

頷《うなず》いた。今日のルールはこれでほとんど決定だ。あとは星乃宮織姫《ほしのみやおりひめ》がどう動くか。

「って……そうだ、そう言えば」

ゲームに気を取られてすっかり忘れていたが、今日は週末、土曜日だ。昨日までと違って学校はない。ルールの制定なんかはいつもの場所でやるんだろうか？

……………ふむ。

少し迷いはしたものの、結局思い直して瑠璃《るり》先輩に訊《き》いてみることにした。枕元のスマホを手に取ってＬＩＮＥを起動し――ちなみに鈴夏《すずか》が騒ぎ出すにはまだ早い時間帯だから今は画面の中も平和なものだ――簡素な質問メッセージを飛ばす。

『――先輩。今日のルール制定なんですけど、場所はいつもの教室でいいんですか？』

『ああ、ごめんごめん。そう言えば伝え損ねていたね。その通りだ、今日も変わらず午後三時にキミの教室へ来てくれればいいよ。部活動があるから校舎には普通に入れるはずだ』

『なるほど、ありがとうございます』

『うん。…………ああ、それと。一つだけ質問してもいいかい？』

『はい？』

『これはボクの純粋な疑問として、なんだけれど。

――キミは、本当に織姫様に勝てると思っているのかな？』

『……？　まあ、はい。そうじゃなければ、とっくに投げ出してると思いますけど』

『ん。それを聞いて安心したよ。ただ……そんなキミに、一つだけ忠告をさせて欲しい。ボクの知ってる織姫様はね――何と言うか、完璧なんだ。ミスがない。隙がない。どこまでも完璧に完成している。だから、さ。今回のゲームもそうだと思うんだよ』

『……そう、って？』

『つまり、織姫様にとって〝完璧〟なゲーム――〝とっくに勝ちが決まっている〟ゲームなんじゃないか、ってことだよ。もしかしたらゲームが始まる前から織姫様には結末が分かり切っていて、キミはただ、それをなぞらされているだけなのかもしれない。だとしたら、彼女にとってＥＵＣはゲームなんかじゃなくて……単なる作業なのかも』

『…………』

『……まあ、とは言え今回のゲームは別にスフィアの総意ってわけじゃない。例えばボク個人なんかは、そんな織姫様に打ち克つキミを見てみたい、とも思っているんだよ？　というか、今のところはそっちの感情の方が少し強い。だから――うん、気を付けて』

「っ……」

最後のメッセージにも目は通したが、返信はしなかった。正確には、出来《でき》なかった。

――ＥＵＣが、ゲームじゃなくて単なる〝作業〟？

参加した時点で俺の敗北は決まっていた？

いや……いや、そんなことはないはずだ。だって、まだそこまで絶望的な状況じゃない。

確かに秋桜《コスモス》の能力はとんでもないけれど、その突破方法も見当が付いたところだし、追加ルールに関しても今のところどちらが優勢とは言えない範囲。勝算は充分にあるはずだ。

そう、だよな？　……違うのか？

「……………………」

——結局。

どんなに自分に言い聞かせてみても先輩の〝忠告〟が頭から消えることはなく、しばらく後に訪問してきた春風《はるかぜ》の両手がむにっと頬《ほお》を挟み込んでくるまで、俺はもやもやした思考を延々と回し続けていた。

《EUC四日目開始前途中経過》

《【キャラクター】所属状況》

《【垂水夕凪《たるみゆうなぎ》】——電脳神姫《バグナンバー》二番機〝鈴夏《すずか》〟、五番機〝春風〟》

《【星乃宮織姫《ほしのみやおりひめ》】……電脳神姫一番機〝秋桜〟、三番機、四番機》

《各種【追加ルール】》

《時間制限ルール／エリア制限ルール／協力者ルール》

《鬼の交代制ルール／通信途絶ルール／注目度ルール》

久しぶりの日記！

Name：秋桜

今日はEUCの三日目でした。今回の夕凪くんは鈴夏ちゃんじゃなくて春風ちゃんと入れ替わってたみたいだけど、でも、二人ともわたしの大事な妹なのは同じことです。やっぱり夕凪くんは悪い人でした。お姉ちゃんとしてぜったいに見過ごせません、せーばい！

……う、えっと、話が逸れました。

とにかく、今日のゲームも色々と大変だったんだよ。夕凪くんのチームに〝女帝さん〟が加わって（夕凪くんの仲間だから多分悪い人です。めっ！）一時はどうなることかと思ったけど、ギリギリのところで〝例のモード〟が発動してくれて……うん。ちょっとだけ、ほっとした。

〝あっち〟のときはすごく疲れるけど、代わりにすごく強いから。

わたしがわたしじゃなくなるみたいで少し怖いけど——それでも、あのモードならお姉さまの役に立てると思えば、ついでに夕凪くんをけちょんけちょんに出来ると思えば、わたしにとってなくてはならないものなんです。

ただ、それなのに今日決着を付けられなかったのは悔しくてしょうがありません。ああしておけば良かったな、とか、こうすればちゃんと勝てたのかな、とか……むむむ。せめて、次は間違えないように復習しておかないといけません。

……だって。

だって、わたしは、負けられないから。

お姉さまに認めてもらうためには——ぜったい、勝たなきゃいけないんだから。

追記
最近、EUCの世界がちょっと変な気がします。上手く言えないんですが、絶対変。なんかこう、そこはかとなく、変なんだよ。違和感があるって言うか、何かが混じり込んでる気がするって言うか……言葉にするのが難しくて、まだお姉さまには言えてないんだけど。
うーん……でも、そんなに気にするようなことじゃないのかな？

第三章　星乃宮織姫《ほしのみやおりひめ》という名の災厄

CROSS CONNECT

＃

――失敗した。

ミスをした。悪手を打った。間違いだった。愚策だった。

「……………くそっ！」

春風《はるかぜ》の身体《からだ》で校舎の中を駆け回りながら、俺はただひたすらに後悔を積み上げていた。

こんなことになっているのは、星乃宮が設定した四日目の追加ルールがそもそもの原因だ。《ステータス加算ルール》――端末所持者の身体能力値《ステータス》にバッテリーの現在量を加算するルール。これによって、一日の終わりにバッテリーが回復しない【協力者】たちは相対的に大きく力を削《そ》がれることになった。

けれど、それだけじゃない。それだけならここまでの劣勢には追い込まれていない。

だからやはり……結局は、俺の定めたルールがはっきりと裏目に出てしまったんだろう。

――《隠密モード《ハイド》の削除》。

文字通り、このゲームに存在する全ての端末から《隠密》の機能を失わせるルールだ。

いや……別に言い訳するわけじゃないが、このルール自体はそこまで悪くなかったと思う。秋桜《コスモス》の覚醒モードに対する唯一の回答は〝速さ〟だし、加えて《ステータス加算ルール》が入ったせいで三辻《みつじ》や十六夜《いざよい》が活躍できる期間はさらに短くなっている。短期決戦に切り替える、という意味で防御手段を削るのは決して間違っていないはずだった。

しかし。

そうして臨んだ四日目の前半戦は、正直、完敗と表現する以外ないほど酷《ひど》いものだった。

そもそも俺は、星乃宮が定めたルールの意味を読み違えていたんだ。《ステータス加算ルール》を、単に《協力者ルール》に対抗するための打ち消し《カウンター》程度に考えていた。だけどそうじゃなかった。あのルールの効力はそんな生温《なまぬる》いものじゃない。あれは……そう、先手の〝鬼〟を確実に不利にするルールだったんだ。

何せ〝鬼〟は、相手陣営の電脳神姫《バグナンバー》を探すためにまず《探査《サーチ》》モードを使わなきゃいけない。であれば、それ以降のバッテリー消費が完全に同じだったとしても、逃げる側の方が常に一段階分だけ高いステータス補正を受けられるということになる。

「そうなると鬼は追加で《加速《アクセル》》を使わなきゃいけなくなって、そのせいでさらにステータス差が開いて……負の連鎖。結局、ジリ貧になるって寸法だ」

はあ、と小さく溜《た》め息《いき》を吐《つ》く。……【協力者】である三辻と十六夜は今日も比類なきゲームセンスを発揮してくれたものの、秋桜《コスモス》の〝ドジ〟でひたすら王手《チェック》を躱《かわ》され続け、やがてバッテリーが底を突いてしまいそれ以上の追跡を断念した。

鈴夏《すずか》とも途中ではぐれてしまったため、今は一人で身を隠しているところだ。

EUC四日目後半戦。開始から、約一時間と二十分。

「まだあと十分も続くのかよ……」

思わず弱気な声が漏れ、俺はふるふると首を振った。——ああ、もう。やめろ。一人になった途端に弱音なんか吐いてどうするんだ。

秋桜が追い付いて来る前に、ざっくりと今の状況を整理しておくことにしよう。

まず、俺のバッテリー残量は30%だ。今日のうちに勝負を決めるつもりで攻めまくった結果、ほとんど《加速《アクセル》》と《生成《クリエイト》》だけで容量の大部分を食い潰す羽目になってしまった。

鈴夏の方もまあ似たようなものだろう。《ステータス加算ルール》の恩恵をフルに受けられる秋桜だけが未《いま》だに高めの数字を維持している。

《隠密《ハイド》》が使えないことも加味すれば、もはや誤魔化《ごまか》しようがないほどの劣勢だ。

だから——とりあえず、今日のところは〝あと十分間逃げ切ること〟だけを見据えて動くしかないだろう。つい一時間前と比べると目標が急降下しているが、残念ながらもう贅《ぜい》沢《たく》を言っていられるような状況じゃない。

「……ふう……」

廊下の壁に背をつけて、もう何度目かも分からない溜《た》め息《いき》を吐き出した。

――頼む。頼むから、何事もなく終わってくれ。

仮に今秋桜に見つかったら、多分、俺は呆気《あつけ》なく――

「…………………え？」

そんな俺のネガティブな思考を、左腕に感じた微《かす》かな振動が遮った。

端末だ。《通信制限ルール》の影響でほとんど着信を受け取ることのなかったＥＵＣの端末が、しかしこのタイミングで、ほんの短くではあるものの確かに数回振動した。

……良い予感なんかするわけがない。

けれど、だからと言って無視することも出来《でき》ず、俺は震える指で端末の画面を投影展開した。すると直後に視界を覆《おお》ったのはとあるシステムメッセージだ。たった一行の、もとい、たった一行で済まされてしまうだけの簡素な通達。事後報告。

その絶望的な文章は――ただただ淡々と、こんな事実を告げていた。

《電脳神姫二番機の宝玉が〝赤色〟に変更されました》

「くッ……そォおおおおおおおおッ！」

――ああ、やられた。ついに……やられた。

電脳神姫二番機《バグナンバー》、というのはもちろん鈴夏のことだ。鈴夏が秋桜によって《捕獲《キャプチャー》》され、それによって陣営《チーム》の変更を受けた。俺とはぐれたあいつが、独りで逃げていたワガママ姫が、俺の手の届かないところで星乃宮織姫に奪われた。

製作者である朧月詠《おぼろつくよみ》から長きに渡って虐げられ、SSRをクリアしたことでようやくその檻《おり》から抜け出したばかりの彼女が——あろうことか、もう一度スフィアに。

「ッ…………‼」

ワンピースの背中を壁に擦《こす》り付けながらずるずると座り込み、両手で髪を掻《か》き乱す。

明らかに……明らかに、俺が原因だった。だって《隠密《ハイド》》モードさえ機能していれば鈴《すず》夏《か》がこんなに早く《捕獲《キャプチャー》》されることはなかったはずだ。こんなに簡単に奪われることはなかったはずだ。自責。自嘲《じちょう》。後悔。彼女を失ったショックでまともに頭が回らない。

そして、そんな俺に追い打ちをかけるかのように、

『——お疲れ様でした』

「っ‼」

突如として辺りに響き渡った声の主は、星乃宮。静謐《せいひつ》さの中に冷ややかな笑みを混ぜ込んだような淡い声音《こわね》が、何故《なぜ》か俺の端末から聞こえている。

一瞬状況が分からなくて混乱したものの……やがて気付いた。

鈴夏だ。あいつの〝端末干渉能力〟があればこうして通信を飛ばしてくるくらい造作もない。星乃宮《ほしのみや》が制定した《通信制限ルール》は未《いま》だに有効だが、あれはそもそも現実とゲーム間の通信は禁止していなかったはずだ。

苛立《いらだ》ち紛《まぎ》れに澄んだ碧眼《へきがん》を細めながら、俺は左腕の端末に向かって刺々《とげとげ》しい声を返す。

「お疲れ様……？　いきなり何の話をしてるんだ、星乃宮」

『何の話もなにもゲームの話に決まっています。伝わりませんでしたか？　私なりに労《ねぎら》いの言葉を、とじっくり考えてみたのですが』

「ああ、無理だな。お前の言葉から伝わってくるのは精々煽《あお》りか嘲笑《ちょうしょう》だ。それに……どっちにしても締めの挨拶をするには気が早すぎるだろ。まだゲームは終わってない」

　言って、小さな拳をきゅっと握り締める。

……そう、そうだ。精神状態はあまりにもよろしくないが、それでも自棄《やけ》になるわけにはいかない。こうして春風《おれ》が《捕獲》されずに残っている以上、星乃宮だってまだ勝利条件を達成できているわけじゃないんだ。諦めるにはまだ早い。

「まあ確かに絶体絶命ではあるけどな。でも……明日は五日目。ルール制定は俺が一番手だ。手段を選ばなければ、挽回《ばんかい》なんていくらでも——」

『……ふふふっ』

「っ……何だよ、何がおかしい！」

『ああ、いえ。貴方《あなた》の悪足掻きが少しばかり滑稽に思えたもので。具体的に何が、ということでしたら……そうですね。一度、時計を見ることをお勧めします』

「……時計？」

星乃宮《ほしのみや》の指示に従うのは癪《しゃく》だったものの、特に断る理由もないため端末の時刻表示に目を向ける。午後六時七分。四日目の終了時刻を少しばかり過ぎた頃だ……って、え？

「もう後半が終わってる時間……？　どういうことだ？」

おかしい。少なくとも昨日までは、後半が終了すると同時に〝強制ログアウト処理〟が発生していた。明言されているわけではないにしろ、普通に考えれば今日だってそうなるのが自然だろう。それなのに、どうして俺はまだログアウトしていないんだ？

一応の確認、ということで目線を下げてみるが……視界を占拠する柔らかそうな肢体はどう見ても垂水夕凪《たるみゆうなぎ》のそれじゃない。ふにふにですべすべな春風《はるかぜ》の身体《からだ》だ。

ということは、つまり、ＥＵＣ四日目は何故かまだ終結していないということで——

「————、待て」

急激に湧き上がってきた悪寒に、俺は両目を大きく見開きながらそろそろと右手を首筋へ遣《や》った。……そうか。だって、そうじゃないか。どうして忘れていたんだろう。どうして気が付かなかったんだろう。

ＥＵＣ開始一日目。

ゲームが始まる前のチュートリアルで、瑠璃《るり》先輩は確かにこう言っていたはずだ——追加ルールは自分の陣営の電脳神姫《バグナンバー》を指名して制定するもので、そのルールが有効なのは該当の電脳神姫が自身の陣営にいる間だけだ、と。

だとすれば。強制ログアウトが発生しないのは、バグでもラグでも何でもなくて。

「《時間制限ルール》を賭けた鈴夏が奪われたから……まだ〝今日〟が終わってないのか」

『ええ、はい。そういうことになりますね』

――くすり、と、星乃宮の声音《こわね》に再び小さな笑みが混じった。

そう……ＥＵＣの開催期間が毎日三時間だけ、というのは、何も基礎的な設定じゃなくて俺が初日に定めた〝追加ルール〟によるものだ。だから当然、それを賭《か》けていた鈴夏《すずか》が星乃宮の陣営に移ってしまえば一切機能しなくなる。……いや、

「それだけじゃ、ない」

思い出せ――俺が《時間制限ルール》を作った直後、彼女が定めたルールは何だった？　《鬼の交代制ルール》。ＥＵＣを乱闘制からターン制へと変える大胆なルール。……あれは本当に公平か？　違う、違うそんなわけがない。ルールテキストの意味は〝正確に〟把握しておくべきだった。

「っ……ああ、そうか。だからあんなに妙な言い回しだったのか。一日目が始まる前のチュートリアルから……あの時点から既に仕組んでたってことかよ、ちくしょうッ!!」

――一日のプレイ時間のうち、最初の一時間半を俺の陣営が、残りの時間を星乃宮の陣営が〝鬼〟の時間として扱う、という効果《テキスト》を持つ《鬼の交代制》。

これが公平に思えたのは、その時点で既に《時間制限ルール》が有効だったからだ。全

体が三時間に限定されていたから、さも均等な配分であるかのように錯覚させられていた。

けれど……《時間制限》という余計なノイズが取り払われた今なら分かる。

これが、このルールがある限り、鬼はずっと秋桜《コスモス》だ。一時間経《た》とうが二時間経とうが関係ない。一日二十四時間のうち、俺に鬼が回ってくるのはたった一時間半しかない。

「そ……んなの、もう――」

『負けているのと変わらない。……ええ、その理解でほとんど間違いありませんよ』

絶望に顔を歪《ゆが》めるばかりの俺とは対照的に、端末から漏れる星乃宮《ほしのみや》の声はいつもと比べて上機嫌だ。ゆっくりと、まるで何でもないような調子で俺の心をズタズタにしていく。

『今一度、断言しておきましょう――EUCは私の勝利です。現在そちらに向かっている秋桜が貴方《あなた》を《捕獲《キャプチャー》》した時点でゲームエンド。時間の制限は既に取り払われていますので、抵抗などはするだけ無駄です。まあ、したいのなら特に止めはしませんが』

「…………」

『……心ここにあらず、といった様子ですね。確かに貴方の立場なら無理もない。ですが、それほど落ち込むことはないと思いますよ。総合的に見て、客観的に見て、貴方はきちんとヒーローだった。ただ、今回は相手が悪かった――それだけです。災害に遭ったとでも思って、素直に諦めてください』

「……あ、きらめる……?」

『はい。それ以外に何かありますか？　六機目の電脳神姫《バグナンバー》でも連れてくるというなら話は別ですが――ふふ。いえ、そう言えば、それは貴方が拒絶したのでしたね』

「っ……」

冗談めかした煽《あお》りを聞いているのが辛《つら》くなって、俺は両手を耳に押し当てた。身体《からだ》を小さくして全ての音を遮断する。これ以上彼女と話していたら頭がおかしくなりそうだった。

――星乃宮織姫《おりひめ》。〝魔術師〟スフィアの頂点。選《よ》りすぐられた天才の中の天才。

数時間前に瑠璃《るり》先輩から送られてきた〝忠告〟の通り……彼女は、最初の最初から、俺を潰し切るための準備を完全に終えていたんだ。

「っ……は、は…………くっ」

もはや呼吸すら満足に出来《でき》なかった。

走り回ったせいで身体は火照《ほて》っているくらいなのに、どうしようもなく寒かった。

そうしてただ震えるだけの俺の視界に――

「……《敵性参加者》いい、い、捕捉しました」

――コツコツと、静かに歩み寄ってくる秋桜の姿がはっきりと映って。

既に抗《あらが》う術《すべ》を失くした俺にとって、それはまさしく〝死神〟の到来でしかなかった。

＃

《電脳神姫《バグナンバー》二番機〝鈴夏《すずか》〟の陣営変更を確認》
《電脳神姫五番機〝春風《はるかぜ》〟の陣営変更を確認》
《この移動により【キャラクター】垂水夕凪《たるみゆうなぎ》の陣営に所属する【プレイヤー】が0名となりました。同時に該当【プレイヤー】に付随する【キャラクター】ルールも全て失われます》
《追加ルール失効処理完了。【プレイヤー】垂水夕凪のゲーム続行権限停止》
《システム管理系統の全処理完了まで推定四時間二十二分三十秒。同時刻をもって、当ゲーム E.x. Unlimited Conquest は完全に終了いたします――》

――気付けば、現実世界に戻されていた。

もう十一月の下旬ということもあり、夕方過ぎとは言え既に陽《ひ》は沈み切っている。何故《なぜ》か電気も付けられていない教室は裏世界と同じように薄暗く、不気味でどこか恐ろしい。

「…………」

教卓の脇で静かに微笑《ほほえ》んでいる星乃宮《ほしのみや》には一瞥《いちべつ》もくれず俯《うつむ》いて、俺はそのまま無言で彼女に背を向けた。休日ゆえに誰の姿もない教室の中をふらふらと歩く。とにかくここを離れたくて、逃げ出したくて、他に何も考えられないまままだ後方の扉を目指す。

と、そこで。

「あ……」

星乃宮から逸《そ》らした視線の先で、どこか所在なさげに立ち尽くしている瑠璃《るり》先輩と目が合った。いつも通りパーカーとホットパンツを身に纏《まと》っている彼女だが、どういう理由《わけ》かフードは脱いでおり、流麗な黒髪と端整な素顔を露《あら》わにしている。

垂らした左腕を右手で抱え込むようにしながら、先輩はおずおずと切り出した。

「ええと、さ。……あはは。ごめんね、こういう時に気の利いたことが言えなくて。一応、キミがログアウトしてくるまでの間に色々と考えてはみたんだけれど」

「いいえ。……何を言われても、今はどうせ響かないですし」

「ああ、うん。そうだよね。悲しさや悔しさで心がいっぱいの時に慰められたって、そんな言葉は素直に入って来やしない。受け入れる場所がないんだから弾《はじ》き出されて当然だ」

「…………」

「って……ごめんごめん。こんな話をしても仕方ないよね。響かないと断言されたばっかりだ。だからそうじゃなくて、ボクが言いたいのは……え、ええと、どうしようかな」

先輩はそこで少しだけ言い淀《よど》むと、不意に右手でフードを引き下げるような仕草をしてみせた。しかし今はそもそもフードがない。白い指先はするっと虚《むな》しく空を切り、微妙に顔を赤らめた先輩は誤魔化《ごまか》すように首を振る。

そして、今度はパーカーのポケットに手を突っ込んで、そこから何かを取り出した。

「そう、そうだ。……なら、これなんかどうだろう？」

気遣うような口調と共にそっと手を差し出してくる瑠璃《るり》先輩。いつもの飴《あめ》でもくれるのかとぼんやり考えながら視線を下ろしてみれば——全然違う。

彼女が持っていたのは、ＥＵＣのゲーム端末だった。

「ッ……!?　……そ、れは……俺に対する追い打ちか何かですか、先輩」

「え？　——あ、いや違う、違う！　待ってくれ。そんなつもりは一切ないよ」

「じゃあ、どうしてこれを」

「それは……その、本当に余計なお世話かもしれないんだけれど……実はね、管理者用《ボク》の端末にはちょっとした録画機能が付いているんだ。だからここには、ＥＵＣ内のシーンを映した映像がまだいくらか残ってる」

……先輩の言わんとしていることを遅ればせながら理解して、俺は思わず押し黙った。

端末に付随した録画機能の提示——それは、要するにアルバムを渡されたようなものなのだろう。春風《はるかぜ》と鈴夏《すずか》、二人を諦める代わりにこれでどうにか我慢しろと、そういう話。

「——や、やっぱり怒ったかい？」

俺が無言で表情を歪《ゆが》めているのを見て、先輩は少し焦《あせ》ったように口を開いた。

「もしそうなら、もう一度言うけれど……ごめん。ちょっと空気が読めてなかったみたいだ。それについては謝るよ、反省もする。……だけど、ボクは一応、キミの味方でもあるんだ。それだけは出来《でき》れば信じて欲しいな」

「…………」

「……ちゃんと目を見てくれていいよ。ほら、せっかくフードも外したんだ」

そう言ってこちらに一歩近付き、低い位置から俺の瞳を覗《のぞ》き込んでくる先輩。その表情は痛々しいくらい無理やりな笑顔で、俺を傷付けようなんて意図は感じられなくて。

──全く、馬鹿か俺は。

先輩は何も悪くない。確かに立場は微妙だけど、やり方は酷《ひど》く不器用だけど、それでも真剣に俺を気遣ってくれたんだ。そんな彼女に苛立《いらだ》ちをぶつけてしまえば、それはただの八つ当たりになってしまう。最低最悪の責任転嫁になってしまう。

「……分かり、ました。じゃあ、多分見ないとは思いますけど……貰《もら》っておきます」

だから俺は、手渡された端末をポケットの奥深くに押し込んで。

「なあ、星乃宮《ほしのみや》。……頼む。俺はどうなってもいいから、だからあいつらには──っ！」

「安心してください。計画のための〝駒〟に危害を加えるほど暇ではありませんよ、私は」

薄っすら哂《わら》う星乃宮にもう一度だけ視線を遣《や》ってから、目を瞑《つぶ》ったまま教室を後にした。

＃

──普通に歩けていたのは最初の数歩だけだった。

「っ……！」

身体《からだ》の動かし方がよく分からない。分からないから、ただがむしゃらに足を動かす。頭の使い方がよく分からない。分からないから、ただぐるぐると同じところで思考を回す。

負けた――負けた。負けた。負けた。

星乃宮織姫《ほしのみやおりひめ》に、春風《はるかぜ》も鈴夏《すずか》も奪われた。

どうすればいい？　何をすればいい？　もうどうしようもないのか？　……ああ、そりゃそうだろう。だってEUCはお互いの電脳神姫《バグナンバー》を奪い合う〝鬼ごっこ〟だ。春風と鈴夏を失った俺に賭《か》けられるものなど何もない。

二人を守れなかったから。俺が、二人を――

「……二人？」

そこまで考えたところで、俺はぴたりと足を止めた。

二人……？　本当にそうか？　俺が失ったのはそれだけか？　いや、違うだろう。そんなはずはない。それだけの被害で済むはずがない。

だって、星乃宮の〝目的〟は――〝世界征服〟なんだから。

「ッ！」

凄《すさ》まじい悪寒に襲われて、俺は再び駆け出した。無我夢中で階段を下りる。上履きのまま昇降口を抜ける。校庭を突っ切って、校門をすり抜けて、学校前の大通りまで脇目も振らずに踊り出る。そして、

「うぁ……あ……っ！」

　──そこで飛び込んできた光景に、ただ呆然《ぼうぜん》と両目を見開いた。

　いつもなら車通りが多くて横断にすら苦労する幹線道路。この街の大動脈たる道なのに、今は通行人が一人もいない。……いや、違う。いないんじゃない。起きていないんだ。乱雑に列を崩した車の中で、両側に伸びる歩道の上で、あらゆる人が深い眠りに落ちている。

　それは……つまり、要するに。

「ログインさせられてるんだ──EUCに、一人残らずッ！」

　……そういうことに、なるんだろう。

《時間制限ルール》が消え、続いて《エリア制限ルール》もその効果を失った。ならば既に、EUCはどこまででも広がる余地があるということだ。どこまでも際限なく拡大して、そして〝強制ログイン〟という形で現実世界の人間を呑《の》み込んでいく。

　俺のせいで──俺が、ゲームに負けたせいで。

　春風を奪われて。鈴夏を奪われて。……そして、本当に、世界まで奪われた。

「ぐ……ぁ、ぁあああああああああああああ！」

　校門の前で思いきり叫ぶと、俺は、頭を抱えてずるずるとその場にしゃがみ込んだ。

　圧倒的な無力感。敗北感。後悔。寂寥《せきりょう》。自責。慟哭《どうこく》。謝罪。自嘲《じちょう》。それから絶望。膨大な量の感情が自分の中に溢《あふ》れていて、今何を思うべきなのかも分からない。このまま眠ってしまいたいと思った。消えてなくなりたいと思った。

だけど、今の俺にはきっとそれすら出来《でき》なくて。

ちっとも言うことを聞かない身体《からだ》を無理やり叩《たた》き起こすと、俺はどうにか帰路についた。

いつもの十倍近い時間をかけてようやく家まで辿《たど》り着《つ》く。

道中で誰かと遭遇するようなことは一度もなかった。ＥＵＣの侵食範囲はよく分からないが、少なくとも現状、学校から数キロ圏内は勢力下にあると判断しても良さそうだ。

「――っ、はぁ………」

ぼんやりとそんなことを考えながら自室に戻った俺は、まず乱暴な仕草でカーテンと窓を開け放ち、冷たい空気を室内に引き込みながらベッドの上に崩れ落ちた。一旦寝返りを打って仰向《あおむ》けになり、右手の甲を額に当てる。霞《かす》んだ視界で天井を見る。

こんなとき、春風《はるかぜ》なら優しく慰めてくれるんだろうな、とか。

鈴夏《すずか》なら表面上は馬鹿にしつつも何だかんだで激励してくれるんだろうな、とか。

いくら考えたって意味がないのに、弱り切った頭にはそんな想像ばかりが浮かんでくる。

「………」

――本当に、自分が嫌いになりそうだった。

多分、俺はいくつかの裏ゲームをクリアする中でいつしか傲慢《ごうまん》になっていたんだ。ＲＯ

Cのように、SSRのように、スフィア幹部が相手でも最終的には返り討ちに出来ると高を括《くく》っていた。EUCに限って言えば秋桜《コスモス》が〝ドジっ娘《こ》〟だったからというのもあるかもしれない。とにかく俺には油断があって、その慢心を星乃宮に利用された。

たったそれだけのことで、俺が積み上げてきたものはいとも簡単に崩れ去ってしまった。

「……だから、今は一人っきりってわけだ」

自嘲《じちょう》気味に呟《つぶや》く。窓は開け放っているのに、外からは微《かす》かな物音すらも聞こえてこない。

そう――そうだ。だって、俺はスフィアのゲームにログイン出来ないから。

だから、こうして誰も彼もがEUCのゲーム世界に行ってしまっても俺は現実世界《こっち》にいるしかない。春風と鈴夏を失った以上誰かと入れ替わることすら出来ず、俺だけがこの眠った街に取り残されることになる。

じゃあ、俺はこの先、ずっとずっと独りでいるのか？

徐々に侵食されていく世界をこの目に焼き付けながら、たった独りで、ゲームに敗北した責任を永遠に負い続けなきゃいけないのか？

そんなの……そんなのは、無理だ。永遠どころか数日だって保《も》つ気がしない。

「だから、俺も……せめて、俺もそっちに行かせてくれよ……っ！」

ぎゅ、と両目を瞑《つぶ》りながらそんな言葉を口にして、スマホの電源ボタンを連打する。

……心なんか、もうとっくの昔に折れていた。

だって、これ以上頑張り続ける理由が俺の中に一つもない。春風《はるかぜ》を護《まも》りたいからEUCに参加したんだ。鈴夏《すずか》を奪い返されたくないから懲りずに歯向かい続けてるんだ。何もかも失ってしまったら、俺は一体何のために立ち上がればいいのか分からない。

心のどこかにある〝炎〟を、その他大部分を占める〝諦観〟が消し飛ばそうとして。

いつかのような、何もかもに絶望していた〝人間不信〟の俺が再び顔を出そうとして。


――ちょうど、そんな時だった。


「……え？」

コンッ、と小さな音が聞こえた気がして、俺は微《かす》かに肩を跳ねさせた。……何だ？　鳥か何かが――コンッ。思考を遮るように、間違いなく何らかの意図を伴って、その音は途絶えることなく響き続ける。

それは、窓の方から聞こえていた。

恐らく棒か何かで叩《たた》いているんだろう。コンコンコンッと連なる音は酷《ひど》く乱暴で適当だ。無遠慮で無作法で無秩序で、でもどこか聞き覚えのある懐かしい叩き方。

「――」

ああ……そう、だ。そうだったじゃないか。

〝カーテンも窓も全開放〟は、俺たちの間じゃ〝一も二もなくいいから構え〟の意思表示。特に俺の方からこのサインを出すのは有り得ないくらいに珍しくて、だからあいつは怖々と、まずは音だけで俺の様子を窺《うかが》おうとする。

「は……は、はは……」

気付けば、唇が小刻みに震えていた。

何か異様に熱いものが胸のあたりから込み上げてくる。放っておけば消えそうだった俺の〝炎〟が強制的に燃え上がる。……もう、泣きそうだった。

ふざけんなよ、お前。

どうしてお前はいつもそうやって――こんな最高のタイミングで、俺の一番近くに居てくれるんだ。

「――ナギ？　えと……泣いてるの？」

それはまさしく俺にとって救いの象徴で。

それはまさしく俺にとって日常の象徴で。

それはまさしく俺にとって――かけがえのない幼馴染《おさななじ》み。

「…………んなわけねえだろ、バカ雪菜」

パジャマ姿の佐々原雪菜《さ さ はらゆき な》が、心配そうな顔をして俺のことを見つめていた。

＃

「――――で」

雪菜が俺の部屋に侵入してきてからおよそ一時間後。

諸事情により顔を赤くした俺は、それを誤魔化《ご ま か》すように何度か首を振りながら、ベッドに腰掛けた雪菜につっけんどんな言葉を向けていた。

「何でここにいるんだよ、お前」

「うっわ、何その言い方！　酷《ひど》くない？　ナギが久しぶりに〝構ってサイン〟出してたから仕方なく仕方なーく慰めに来てあげたのに！」

「慰めてって……そんなの、俺は別に」

「頼んでないとか言うつもり？　今の今まで私の胸に縋り付いて泣いてたくせに？」

「っ――――！」

「って……あ、あはは。もう、やめてよね。そんな大袈裟《おお げ さ》な反応されると私まで恥ずかしくなってくるじゃん。……っていうか、大丈夫？　ナギ、さっきから顔真っ赤だよ？」

「…………うるせえ」

雪菜の悪戯《いたずら》っぽい追及から逃れるように、俺は明後日《あさって》の方向に視線を向けながらぼそりと反論の声を漏らす。

まあ……確かに、確かにそんなような、こ、ことがあった気もしなくはない。一時間と少し前の俺は精神的に限界まで追い詰められていたから、そこに突然現れた雪菜が不覚にも女神や天使の類《たぐい》に見えてしまったんだ。しかも彼女は、俺の表情を見るや小さく頷《うなず》いて、パジャマの両手を優しく広げながら『いいよ？』と首を傾《かし》げてみせた。……縋《すが》り付く以外の選択肢があるなら誰か教えて欲しいくらいだ。

導かれるまま柔らかな胸元に顔を埋《うず》めて。

そっと頭を撫《な》でてくれる手のひらの温度に軽く陶酔しかけたりして。

仄《ほの》かに甘い雪菜の匂いに全身を包まれているみたいで、緩やかに波を打つ茶色の髪に時折頬《ほお》をくすぐられて、身体中《からだじゅう》にこびり付いていた絶望がさらさら溶けてなくなっていくようで——気付けば数十分以上も時間が飛んでいたという、そんな見方も、あるいは出来《でき》ないこともないのかもしれない。

「…………」

「ふふっ。あの減らず口のナギが黙り込んじゃうなんて、これは相当照れてると見た」

詳細を思い出してさらに憮然《ぶぜん》とする俺を見つめながら、雪菜はニマニマと口撃《ことば》を続ける。

「やーやー、それにしても、やっぱりナギもまだまだ子供だよね。いっつも私のこと馬鹿にするくせにこんな時だけ甘えちゃって、ほんとも一勘弁してよって感じ！」

「勘弁してよ、ね。……の割にはお前もノリノリだっただろうが。少なくとも、俺は撫《な》でてくれなんて一言も言ってないぞ」

「へ!? ち、違うよ。そんなの、ナギが私の腰に手とか回してくるからつい――って何言わせんの馬鹿ナギ！ だ、大体一時間って長すぎるでしょ!? 確かに前半は死にそうな顔してたけど、最後の方なんて割と幸せそうに顔突っ込んできてたよね!?」

「は、はあ!? それはこっちの台詞《せりふ》だ馬鹿雪菜《ゆきな》！ 俺だって最初はすぐ離れるつもりだったのに、お前が思いっきりホールドしてくるせいで抜けられなかったんじゃねえか！」

「わ、私が悪いって言うの!? ナギこそ私の身体《からだ》で発情して――う、あぅ。……ね、ねえナギ、この話そろそろ止《や》めよ？」

言いながら何かを想像したのか、急激に頰《ほお》を上気させてぷしゅうと頭から湯気を出す雪菜。……全くもって同感だ。何せこのやり取りで得をするヤツがどこにもいない。

「ふう……」

色々な理由で熱くなった頭を一度だけ振ると、俺は再び雪菜の隣に腰掛けた。それも、ほとんど触れ合うような距離感だ。服越しに相手の体温を感じられるほど近い――が、これについては別に偶然でも事故でもなかった。正直な話、さっきまで痛烈な孤独を感じていたせいで人肌が恋しくて仕方ないんだ。

「ん」

そんな内心が正しく伝わったのか、雪菜はそれ以上俺を茶化《ちゃか》すこともなく優しげな微笑《ほほえ》みを浮かべてくれた。ついでに右手をそっと持ち上げて、ベッドに投げ出した俺の左手にゆっくり重ねる。指を一本一本絡めるように、離れないように包み込む。

——そして、

「あのさ、ナギ。……そろそろ聞いてもいい？　何があったのか、とかって」

「……ああ、そうだよな」

小さく頷《うなず》きを返す俺。確かに現状、雪菜の視点では何もかも意味が分からないことだらけなはずだ。最低限の説明くらいはすべきだろう。

「けど、その前に……なあ雪菜。さっきも訊《き》いたけど、お前はどうしてここにいるんだ？」

「え？　いや……どうしてって、何言ってるのナギ？　私が学校休んでる理由ならナギが一番知ってるでしょ。体調不良だってば、体調不良。熱はもう下がってるんだけど、今週いっぱいは登校しない方が良いってお医者さんに言われてるから」

「いや、それは知ってるけど」

当たり前だ。三辻《みつじ》や春風《はるかぜ》も連れてお見舞いに行ったのは数日前の話だが、俺個人は昨日も一昨日《おととい》も雪菜の部屋を訪れている。詳しい病状なんかはその時に報告を受けていた。

「——でもそんなことは今どうでも良くて」

「どうでもいい⁉　ちょ、ちょっとナギ、仮にもナギのこと心配してわざわざ部屋にまで来てあげてる可愛《かわい》くて優しくて可愛い幼馴染《おさななじ》みに対してその暴言はひどくない⁉」

「そんなこと言ってられるような状況じゃないんだよ……はあ。あのさ、雪菜《ゆきな》。今から俺が話すこと、多分全部は信じられないと思うけど、それでもいいから聞いてくれ」

「？　……う、うん。分かった。いいよ、言って？」

「助かる。じゃあ、分かりやすいようにざっくり話すけど——ちょっと下手《へた》打ってさ。俺がとある賭け《ゲーム》に負けたせいで大切なヤツが奪われて、ついでにこの世界が征服されかかってるんだ。それでまあ、凹《へこ》んでた。以上」

「うん。うん……うん？　へ？　え、ぇえええええ⁉」

雪菜はしばらくきょとんとしていたものの、その後、目を丸く見開いて全力で叫んだ。

「な、何それ超一大事じゃん‼　ナギ、こんなところで泣いてていいの⁉」

「いや、だから泣いてないし」

「うっさい馬鹿ナギそんなの今はどうでもいい！　ナギが……あのナギが！　基本クールぶっててスカしてる似非《エセ》無気力系のあのナギが〝大切なヤツ〟とか言い始めるなんてっ！」

「…………そっちかよ」

「そっちだよ！　や、そりゃ世界がどうとかっていう方も気にはなるけど……って言うか、どっちにしても説明飛ばしすぎだよね⁉　世界ってそんな『てへ、うっかり♪』で征服されるものじゃないんだけど！」

「まあ、それは確かに……ってか、世界征服《それ》自体は疑わないんだな、お前」

「え、いや、だってナギがそう言ったんじゃん。……それに、他の人ならともかく、ナギがここまで落ち込むなんて相当のことだもん。せめてそれくらいのインパクトはないと」

「…………」

　指先へ込める力に強弱を付けることでふにふにと俺の左手を弄《もてあそ》びながらそんな言葉を口にする雪菜。何やら妙な納得の仕方をされているが……まあ、面倒がなくていいか。

「それで――ねえナギ、続きは？」

　俺が微妙な顔をして黙り込んでいると、ふと隣の雪菜が小さく首を傾《かし》げてそう言った。

「え？　……続きって、何の？」

「いやいや、だからさっきの話。ナギの大切な人も世界征服も、あれだけじゃ端折《はしょ》りすぎで何にも分かんないもん。茶化《ちゃか》さないで聞くから、私にもちゃんと説明して？」

「ああ……それか」

　ずい、っと整った顔を近付けてくる雪菜からほんの少しだけ視線を逸《そ》らし、俺は小さく頬《ほお》を掻《か》く。胸の中に渦巻いている感情は……一言で言うなら、〝躊躇《ためらい》〟だ。

――実のところ、雪菜にはまだ春風や鈴夏の正体を明かしていない。

　春風《はるかぜ》のことは転入の際にふわっとした説明をしただけだし、鈴夏《すずか》に関しては恐らくＶＲ系の新型アプリか何かだと解釈されていることだろう。雪菜をスフィアに関《かか》わらせるのがどうしても嫌で、今までずっと〃避けさせて〃いたから。

ただ……あくまでゲームの中で話が済んでいたこれまでと違って、今やちょっと外に出るだけでいくらでも異常が見つかるような状況になってしまっている。好き好んで話したい内容じゃないのは確かだが、この期《ご》に及んで誤魔化《ごまか》したって仕方ない。

だから、俺はこほんと一つ咳払《せきばら》いすると、改めて茶色の瞳を見つめ返した。

「……じゃあ、最初から、掻《か》い摘《つま》んで話すけど——」


「ふうん……そうだったんだ。……えっと、正直なとこ、話が壮大過ぎてどう反応していいか分かんないけど……うん。大変だったんだね、ナギ」

EUCの概要、星乃宮織姫《ほしのみやおりひめ》の野望、魔術師《メイガス》スフィアの裏の顔。それに加えて春風《はるかぜ》や鈴夏《すずか》の〃正体〃について軽く説明してやると、雪菜《ゆきな》はこくこくと頷《うなず》きながらそんな感じの反応をした。それから繋《つな》いでいない方の手を俺の頭にそっと伸ばし、笑顔で髪を梳《す》いてくる。

「よしよし、良い子良い子」

「…………お前、頭撫《な》でるの気に入ったのか？」

「あはは。うん、そうなのかも。妙に癖になる感じって言うか……でも、ナギだって実はそんなに嫌じゃないんでしょ？　ふふ、ほら、さっきから口のところちょっと緩んでる」

「ぐ……細かいとこに気付きやがって、面倒くせえな幼馴染《おさななじ》み。は、放せよ」

言葉にされると途端に恥ずかしくなってきて、俺は文句を言いつつ頭の上の手を振り払おうとする。が、精神的かつ体勢的に優位を取られているせいでなかなか上手《うま》く抜け出すことが出来《でき》ない。じたばたと無駄に暴れる羽目になる。

そんな風に抵抗していると――不意に、じっ、と真剣な瞳が俺の目を覗《のぞ》き込んできた。

「じゃあさ、ナギの〝大切な人〟って春風ちゃんたちのことだったんだ？」

「う……」

何となく恥ずかしくて、咄嗟《とっさ》に答えを言い淀《よど》んでしまう俺。

「――い、良いだろ別に。誰だって」

「別にダメなんて言ってないじゃん。そんなのナギの勝手だし。……で、でも……ねえナギ、いっこだけ訊《き》いていい？　あのさ、その〝大切〟って――」

「……ん？」

「あ、えっと……ううん！　やっぱやめとく。なんかズルいもんね、こういうの」

「は……？　何だよそれ」

何とも要領を得ない会話だ。途中で止められた質問の続きが気にならないと言えば嘘《うそ》になるが、とは言え、無理やり聞き出すようなことでもないし。

「……とにかく、これで今の状況は分かっただろ？　星乃宮織姫ってヤツに春風と鈴夏を奪われて、そのせいで裏世界が拡大し始めた。エリア内にいる人間は全員ＥＵＣに強制ログインさせられるから、今の現実世界はほぼ完全に眠ってる」

「意識をゲームの中に飛ばされる、ってことでいいんだよね？　ちょっと外に出てみたけど皆寝ちゃってるみたいだったし、うん、そこまでは分かった。あいむあんだーすたん」

「けど、だったらおかしいじゃねえか。……お前はどうして残ってるんだ？　エリア内のヤツは誰一人例外なく向こうに叩《たた》き込まれるはずなのに、お前だけどうして」

「……む？」

俺の問い掛けに、雪菜《ゆきな》は何故《なぜ》か不思議そうにこてんと首を捻《ひね》ってみせる。

「や、例外なくって言うけど……いるじゃん、ナギ。別に私だけってわけでもなくない？」

「え？　……ああ、いや悪い。そうだな、確かに俺は例外だ。俺は、なんか、エニグマコードってヤツの影響を身体《からだ》に受けてるらしくてさ。ＥＵＣがどうとか以前にそもそもスフィアの裏ゲームにはログインできないんだよ」

「えにぐまこーど……えにぐま……えっと、よく分かんないけど、とにかくナギは特別ってことだよね。……って、あれ、じゃあ私は？　な、なんで私取り残されてるの!?」

「だからそれを訊《き》いてるんだよ……ったく」

数瞬遅れでわたわた慌て始める雪菜を前に、俺は思わず肩を落とした。……が、よく考えてみればそんな反応になるのも無理はないか。そもそもからして複雑で訳の分からない話なんだから、概要を聞いただけの彼女に完璧な理解を強いるのはあまりに酷だ。

だから俺は、空いた右手を首筋へ遣《や》って、自分で思考に耽《ふけ》ることにした。

まず——大前提として、ＥＵＣのエリア内にいる人間は総じてゲーム世界にログインさせられるはずだ。そうじゃないと星乃宮《ほしのみや》の世界征服構想は意味を為《な》さない。

そして、雪菜にも説明した通り、俺が向こうに飛ばされていないのは偏《ひとえ》にエニグマコードの影響だ。コードの持つ〝コピーガード〟機能によって、それに深く侵食されている俺の身体も同じく分身《アバター》が作れなくなっている。

故《ゆえ》に俺はゲームに参加できなくて、こちらの世界に取り残されて——って、あれ？

「…………」

そうか……何も難しく考える必要はない。エニグマコードの他に〝例外〟が存在しないと言うのなら、当然、真っ先に考えるべきは雪菜がどこかでコードに触れた可能性だ。

そしてそれは、決して有り得ない妄想なんかじゃない。

——ああ、そうだ。そうだ。思い出せ。

俺がまだ中学生だった頃。初めて参加した裏ゲーム。精神的にズタズタになりながらも勝利をもぎ取った俺は、報酬として〝瀕死《ひんし》の雪菜を救うこと〟を願って——それを、ＧＭの天道《てんどう》は完璧に叶えたんだろう？　たった一週間で、痕跡すら残さず完璧に。

そんなことが現代医療で可能なはずはない。

ならどうしたか？　決まってる——天道は、エニグマコードを使ったんだ。

「そうか……そう、だったんだ」

もちろん〝蘇生《そせい》〟の詳しい仕組みについてはよく分からないが、少なくとも天道《てんどう》の才能とエニグマコードが融合すれば〝春風《はるかぜ》を現実世界に顕現させる〟程度の奇跡は実現できると証明されている。蘇生紛《まが》いの治療が出来《でき》ても何らおかしいことはないだろう。

そういうことなら納得だ。雪菜《ゆきな》が傷一つない状態で助かったのも、今こうして強制ログインを無視して現実《こちら》に留《とど》まっていられるのも、全てエニグマコードの干渉があるせいで。

けど――だけど、待ってくれ。

それだけじゃない。これは、そんなに単純な話じゃない。

「待て……待て、待て、待て！　ッ……嘘《うそ》だろ？　これ、本当に……？」

「な、ナギ？　ねえナギ大丈夫？　さっきから顔色すっごいよ？」

「ああ……成立、するのかもしれない。繋がってるのかもしれない……っ！」

雪菜の問いに答えるというより自分自身に言い聞かせるように、あるいは掴《つか》みかけた答えを手放さないように、俺は頭に浮かんだ言葉をそのまま吐き出していく。ドクンドクンとうるさいくらいに心臓が高鳴っているのが分かった。つい一時間前まで冷めきっていた脳内回路は、今や千切れんばかりに唸《うな》りの音を上げていた。

――天道白夜《びゃくや》は、雪菜の傷を癒《いや》すためにエニグマコードを作用させた。

これは、少し言い換えれば〝天道は雪菜の体内にエニグマコードを組み込んだ〟ということにもなる。つまり雪菜はコードを持っているんだ。俺のように外部から影響を受けただけじゃなくて、生きるために必須の機能としてエニグマコードを所持している。

だったら……だとしたら何だ？　もう情報は出揃《でそろ》っている。最後まで繋《つな》がり切っている。

「っ……！」

俺は荒くなってきた呼吸をどうにか宥《なだ》めながら、おもむろにズボンのポケットへと右手を突っ込んだ。と、直後、震える指先に何やら固い感触がぶつかる。絶対に使わないと決めていたそれが、先ほどまでとは全く違う意味を伴って俺の手の中にすっと収まる。

「……そういう、ことかよ……」

辛《かろ》うじて声を絞り出し、俺は半分泣きながら下手《へた》くそな笑顔を作ってみせた。それから袖を使って乱暴に涙を拭い、取り出したそれを——端末を、無理やり雪菜に受け渡す。

「へ？　……な、何これ？」

「いいから。説明は後でするから、とりあえずそいつを左手首に付けてみてくれ」

「う、うん……分かった。じゃあ左手に、と。——あ、凄《すご》い。なんか付けたら急に宝石みたいなのが青くなった。ねえナギ、これって——ナギ？」

「っ……。青、だな？　それ、本当に青だよな？　俺の勘違いじゃないよな？」

「いやいや、こんなの見間違えないでしょ。絶対、青。青以外ありえないってば」

手首につけた端末を俺に向けながら何度も〝青〟と連呼する雪菜。その表情がぷくっと不満げなのはさておいて、端末に付随した宝玉の色は確かに青だ。赤じゃない。

それをもう一度確認してから顔を伏せ……俺は、右手をそっと首筋へ遣《や》った。

――ＥＵＣのルールに曰《いわ》く。

《【電脳神姫《バグナンバー》】とはエニグマコードの断片を保有する者を指す》

《【キャラクター】とは、端末を所有する【電脳神姫】を指す》

つまり、実際の定義はともかくとして、少なくともＥＵＣにおける〝電脳神姫〟は〝エニグマコードを保有していること〟だけを成立条件として課されているんだ。他の情報は考慮されない。ＡＩが云々《うんぬん》といった背景すら定義の中に含まれていない。

ならば、佐々原雪菜は電脳神姫の、そして【キャラクター】の要件を満たすだろう。

スフィアが製作した五人の電脳神姫とはまた別の――幻の六人目になることが出来《でき》る。

ああ、間違いない……これは、勝機《チャンス》だ。

だって、ゲームはまだ終わってなんかいなかった。ＥＵＣの勝利条件が《全ての【キャラクター】を自分の陣営に入れること》で、かつ〝六人目〟の【キャラクター】である雪《ゆき》菜《な》が俺の陣営にいる以上、星乃宮織姫はまだ条件を達成できていなかったということになる。あの天才が犯した最初のミスだ。曖昧な定義付けから生じた殺し損ない。

俺には、まだ、賭《か》けられるものが残っていた。

ならば当然、この機を逃す手はないだろう。ゲームを続行できるということは、つまり春風《はるかぜ》を取り戻せるかもしれないということだ。鈴夏《すずか》を奪い返せるかもしれないということだ。一度はどん底にまで落ちていた俺に回ってきた、正真正銘最後のチャンス。

――けれど、

「な、ナギ……？」

もしそれを実行するのであれば――この先、雪菜《こいつ》を大きく巻き込むことになる。

いや……いや、分かってるんだ。やらなきゃ世界が奪われるんだから躊躇《ためら》っている場合じゃない。それはもちろん分かっている。

ただ、それでも即決することだけは出来なかった。……春風や鈴夏が俺にとっての〝特別〟なら、雪菜は俺の〝日常〟なんだ。それを非日常《スフィア》と触れ合わせることにはどうしたって抵抗がある。理性はともかく感情の部分が邪魔をする。

だから俺は、彼女と反対の向きに身体《からだ》を捻《ひね》って思考を巡らせようとして――瞬間。

とん、と背中に微《かす》かな重みが加わった。

「いいよ、話して。……ナギ、何か思い付いたんでしょ？」

「……雪菜。違う、俺は」

「ダメ、今回は退《ひ》いてあげない。諦めてあげない。……誤魔化されてあげない」

そう言うと、雪菜《ゆきな》は俺の肩甲骨《けんこうこつ》のあたりに頭を乗せたまま、パジャマに包まれた両腕を俺の前まで回してきた。そのままぎゅっと腕に力を込め、上半身全部を密着させてくる。

「あのね、ナギ。何回も言ってるけど……幼馴染《おさななじ》みなんだよ、私たち。ナギがそんな顔して悩んでるのにただ待ってるだけなんて嫌《や》だよ。私にも手伝わせて。ちゃんと関《かか》わらせて」

「……そんなに、酷《ひど》い顔してるか？」

「あはは。うん、酷いよ。見たことない顔してる。でも……それは多分、私が見たことないってだけで、ナギは今までだってずっと頑張ってきたんだよね」

「っ……！」

優しくて悲しげな声音《こわね》が緩やかに耳朶《じだ》を打つ。……それは、ある意味で雪菜には一番言われたくない言葉だった。だって、気付かれてしまったら、雪菜は絶対に力を貸してくれる。俺の幼馴染みは究極のお節介焼きだから、たとえ俺が嫌がっていたって構わずその手を伸べてくれる。

「ずっと助けられてばっかりだった。ずっと遠ざけられてばっかりだった。だけど私だって……私だって、力になりたい。ナギの隣に立ってたい。そうやって気を遣ってくれるのも嬉《うれ》しいけど、でも心配なんでしょ？　春風《はるかぜ》ちゃんたちのこと、早く助けに行きたくてしようがないんでしょ？　だったら迷ってちゃダメだよ」

そして——俺はきっと、その手を払うことが出来《でき》ないから。

「そ、それに……どうせ二人っきり、なんだしさ。……や、その、変な意味とかじゃなくて！　ほ、ほら、ナギはいっつも馬鹿にするけど、一人よりは私といた方がマシでしょ？」

「…………。…………この、馬鹿雪菜」

「はあ⁉」

柔らかい微笑《ほほえ》み交《ま》じりの問いにそんな答えを返した瞬間、ドンっと思いきり背中を突き飛ばされた。その勢いを利用してベッドから立ち上がると、俺は、色んな感情でぐちゃぐちゃになっていた表情を無理やり笑顔へと変換する。

そうして、ムッと唇を尖《とが》らせている雪菜の方へと振り返った。

「何でいきなり押すんだよ。危ないだろうが」

「な、ナギが馬鹿とか言ったんじゃん！　なんで⁉　今そんなこと言う感じの雰囲気じゃなかったでしょ⁉」

「言う感じの雰囲気かどうかはともかく、言うべき場面ではあっただろ。『一人よりは私といた方がマシでしょ？』ってお前……はあ」

「う……まさかナギ、足手纏《あしでまと》いが増えるだけだから一人の方がマシとか――」

「言わねえよそんなこと。……むしろあれだ、逆だ」

「……逆？」

不思議そうに首を傾《かし》げる雪菜から目を逸《そ》らしつつ、小さく咳払《せきばら》いする俺。するとその仕草から言わんとしていることが伝わってしまったのか、雪菜《ゆきな》の瞳に期待の色が混じり始める。……既に相当恥ずかしい。顔が赤くなっているのが自分でも分かる。

だけど——これを言わないことには、一歩も前に進めない気がするから。

「お前があまりにも当たり前のことを言うから馬鹿だって言ったんだ。

……ああ、確かにお前には色々黙ってようと思ってたよ。遠ざけもしたし、誤魔化《ごまか》しもした。んで、本来ならそれが正解なんだって今でも思ってる。

でも——だけど、こうなったらもう話は別だ。協力したい？　当たり前だ、してもらうに決まってるだろ。隣に立ちたい？　当たり前だ、お前がいなきゃ始まらねえよ。いいか雪菜。俺はもう覚悟を決めた。こんなところじゃ終われないから、俺は最後の最後まで足《あ》掻《が》いて春風《はるかぜ》と鈴夏《すずか》を取り戻す。ついでに、世界も救ってやるよ。

……だから、お前も俺に付いて来てくれ。俺をその気にさせた責任を取ってくれ。

証明してやろうぜ——俺たちなら、スフィアのトップにだって絶対負けたりしないって」

そこまで一息で言い切ると、俺は、立ったまま右手を前に差し出した。

当の雪菜はしばらく俺の目を見て黙り込んでいたが——やがて「うん」と頷《うなず》いてその手を取ってくれた。繋《つな》いだ手に力を込めると、雪菜は簡単に立ち上がる。一歩二歩とたたらを踏んで、俺の胸元に縋《すが》り付くように静止して、それから薄っすら頬《ほお》を染める。

こうして、ここにＥＵＣ逆転攻略を掲げる反撃の戦線が——

「……ふふっ、でもあれだよね。ナギがそういう格好良い系の台詞《せりふ》言ってるとちょっと面白いかも。顔真っ赤だし結局ツンデレだし、どっちかって言うと……可愛《かわい》い？」

「っ……お、お前、俺の味方なのか敵なのかはっきりしろよ⁉」

——誕生した、のは良いのだけれど。

俺の望んだクール＆シリアスなムードは一瞬で霧散した、という事実だけ、この場を借りて言っておきたい。

《ＥＵＣ四日目終了時途中経過》
《【キャラクター】所属状況》
《【垂水夕凪《たるみゆうなぎ》】——疑似電脳神姫番外個体〝雪菜〟》
《【星乃宮織姫《ほしのみやおりひめ》】——電脳神姫《バグナンバー》一番機〝秋桜《コスモス》〟二番機〝鈴夏〟五番機〝春風〟》
《各種【追加ルール】》
《~~時間制限ルール／エリア制限ルール／協力者ルール／隠密《ハイド》モード削除ルール~~》
《鬼の交代制ルール／通信途絶ルール／注目度ルール／ステータス加算ルール》
《状況《ステータス》：攻略再開》

なあおい、女帝さんよ。一つ訊きたいんだが……オレら、これでもう脱落か？

……。

たぶん、そう。

だよ、な。

はぁあああああ……ったく、せっかく愉しくなってきたとこだってのに締まりゃしねえぜ。最低でも星乃宮の面くらいは拝んでやるつもりだったんだが。

世界の命運は夕凪の奴に託された、ってか。あー、ノらねえ。

仕方ない。わたしはともかく、つきみじゃあまりにもやくぶそく。

……月見？

いやてめー、オレは十六夜だぞ？間違っても十五夜じゃねえぞ？つか役不足も誤用で正しくは力不足――って、んでオレがわざわざ自虐訂正しなきゃいけねえんだよ！

ながれるようなのりつっこみ。すごい。

違えよクソアマ。……ちっ、まあいい。とにかく消化不良だって話だ。

おい女帝、てめー今学校の中にいるんだよな？

いち、いち、きゅう。……もしもし？ガラのわるいすとーかーに居場所をとくていされた。はやくはやく。わたしの身があやうい。

いやそれを言うなら110番じゃ――って、だからボケが雑なんだよてめーは！

オレが言いたいのはそんなことじゃねえ。……てめー、オレにゲーセンを案内しろよ。そこで勝負と行こうぜ？泣かしてやる。

ふ……このわたしに挑戦状とはなまいき。しょうしせんばん。

勝ったほうがぜんぶおごりならうけてもいい。

――はっ！

その言葉、後で悔やんでも知らねぇえええええええええぞッ！

第四章　絶望の先にあったモノ

CROSS CONNECT

♯

星乃宮《ほしのみや》と再び対峙《たいじ》する前に、この辺りで軽く状況をおさらいしておこう。

雪菜《ゆきな》が〝六人目〟の電脳神姫《バグナンバー》として扱えると分かった以上、ＥＵＣの勝利条件はまだ満たされていなかったということになる。そう、ゲームは終わってなんかいない。何せ勝者と認められるためには、相手の電脳神姫を一人残らず奪い尽くす必要がある。

つまり、ゲームを続行する権利だけは得たわけだ。……が、それでも、依然として俺が劣勢なことには変わりなかった。春風《はるかぜ》と鈴夏《すずか》を失ったことで俺が定めたルールは全て消えているのに対し、星乃宮の方は一つたりとも失っていないんだから当然だろう。

——とは言え、だ。

実のところ、ここから俺が即詰みに追い込まれる可能性はあまりない。

これに関しては雪菜の〝特殊性〟が上手《うま》く働いた形だ。彼女は普通の人間でありながら電脳神姫としても定義できるという例外的な存在で、当然、今も現実世界に身を置いている。いくら星乃宮織姫《おりひめ》が天才でも、覚醒モードの秋桜《コスモス》が厄介でも、ゲーム世界にいる電脳神姫が雪菜を《捕獲《キャプチャー》》することは不可能だ。

だから、それまでに。

星乃宮《ほしのみや》が有効な追加ルールを設定してこの壁を突き破ってくるまでの間に。

たった今脳裏を過った〝思い付き〟を、どこまで実用段階に持っていけるか――それが、EUCの勝敗を分ける鍵になるだろう。


「……率直に言いましょう、驚きました」

EUC開始から六日目。午後三時を少し過ぎた頃。

一昨日《おととい》から変わらず無人の教室に現れた星乃宮は、開口一番にそう言った。

六日目――そう、今日はゲーム開始から数えて六日目だ。四日目の実質的な終了時間がかなり遅かったのと、俺が立ち直るまでに時間がかかったのとで（何も延々雪菜《ゆきな》に泣きついていたわけじゃないが）ゲームは五日目をパスして六日目へと進んでいる。

まあ《時間制限ルール》がなくなった以上、〇日目という区切りには〝追加ルールの制定権が回復するタイミング〟くらいの意味しかないのだが……それはともかく。

俺を睨《にら》む星乃宮の表情は想像以上に不満げだ。

「いえ、確かに妙だとは思っていましたよ？　EUCはその規模に比例して処理系統も複雑ですが、それでもただの勝敗判定が日を跨《また》いでも終わらないなんて有り得ない。そこで今朝、本社PCから管理者権限でアクセスして――ようやく貴方《あなた》の講じたカラクリが解けたというわけです。……まさか、本当に六機目を見つけてくるとは思いませんでしたが」

「別に俺が講じたってわけでもないけど……ま、お気に召したなら光栄だ」

「お気に召す？　……一体何をふざけているのですか貴方は？　私は基本的にも例外的にも予定が狂わされることを好みません。貴方と顔を合わせるこの時間は正直無駄だと思っていますし、終わった勝負を蒸し返されるのは酷《ひど》く鬱陶しい。昨日から今日にかけて私のストレス指数は二桁単位で跳ね上がりました」

「……ちょっと煽《あお》っただけですげえ物量の暴言返って来たなおい」

胸の下で緩く腕を組みながら淡々と俺を罵倒する星乃宮。

彼女は小さく嘆息すると黒板の脇の壁に背を預け、それから静かに首を振る。

「何しろ想定外の事態でしたから。六機目の存在など聞いたこともありません」

「知ってるよ。だって雪菜がコードを組み込まれたのは最初期の裏ゲームだ。お前はあれに関《かか》わってないって断言してたし、それに、もし六人目がいる可能性を少しでも疑ってるならあんな挑発はしないだろ？　天道《てんどう》から話だけでも聞いてないってことの証明だ」

「全くもってその通りですが、貴方に分かったような口を利かれると称賛より苛立《いらだ》ちが勝りますね。いっそ物理的に黙らせて差し上げましょうか？」

「えっ」

「冗談です。……それにしても、本当に見誤りましたよ。貴方に逆転の目があるとすれば、それは〝入れ替わり〟を介するものしか有り得ないと思い込んでいた。だからこそ二番機と五番機には〝ログアウトを封じる〟設定《コード》を加えておいたのですが」

「万が一にも入れ替われないように、か。……って、あれ。じゃあ秋桜《コスモス》は？」

「秋桜は最初から貴方《あなた》の侵入を拒絶する設定を有しています。当然でしょう？　貴方との入れ替わりを許してしまったらそもそもEUCは成り立たない」

「あー……ま、まあ、そうだよな」

若干食い気味なテンポで返される言葉にあまりにも明瞭な棘《とげ》を感じて、俺は思わず視線を逸《そ》らした。……どうやら相当に苛立《いらだ》っているようだ。まあ、EUCを単なる作業だと認識していた彼女にとって、番狂わせなんて到底歓迎できる事態じゃないんだろうけど。

と――そんな星乃宮織姫《ほしのみやおりひめ》の隣で、「ふふっ」と可笑《おか》しそうな微笑が零《こぼ》れた。

「止《や》めておきなよ、キミ。機嫌が悪い織姫様なんてボクでも滅多《めった》に見られないくらいの激レアだけど、だからと言って、ボクはそれを見かけても話を振ろうとは思わない。希少度というのは高ければ高いだけ良いという尺度ではないからね」

「……いやまあ、俺だってわざわざ怪我《けが》しにいこうとは思いませんけど」

声の方向に視線を遣《や》りつつそう答える。

そこにいたのは、当然、瑠璃《るり》先輩だった。一昨日《おととい》と違ってちゃんとパーカーのフードを目元まで下ろしている。口には見慣れた棒付きキャンディーも咥《くわ》えていて、まさに〝いつも通り〟の様相だ。……まるで、俺が戻ってくることを最初から知っていたみたいに。

思わず口を開いてしまう。

「先輩は……その、どこまで見えていたんですか？」

「うん？　それは、何の話かな？」

「何の、って……ああ、いや。……はい、やっぱり何でもないです」

少し悪戯《いたずら》っぽい笑みと共に訊《き》き返してくる先輩に対し、俺は苦笑しながら質問を取り下げることにした。考えてみればこんなの聞くだけ野暮《やぼ》ってものだ。

そんなことより、今はEUCを攻略するための思考を少しでも進めるべきだろう。

「……そうだ。先輩、今日のルール制定はどっちが一番手になるんですか？」

「ん？　ああ、今日は織姫様が一番手、キミは二番手だよ。本来なら昨日が君の先手番だったのだけれど、残念ながらルール制定権をパスしたって扱いになってるみたいだ」

「ですか。じゃあ、星乃宮の方は――」

「私も制定していませんよ。昨日の時点では既に終わったものと認識していましたので」

星乃宮は煽《あお》るような口調でそう呟《つぶや》く。……若干イラっとはするが、しかしあれからルールが増えていないというのはかなりの朗報だ。寛大な心で許してやるとしよう。

「で？　だったら今日のルールはどうするんだよ、星乃宮」

「………………そうですね」

少しだけ虚勢を張って尋ねると、彼女は微《かす》かに眉を顰《ひそ》めた。

「やはり、厄介なのは〝六機目が現実世界にいる〟という点ですか。ゲーム内であればともかく、現実《こちら》ではそう簡単に陣営を変える手段がない」

「まあそうだな。秋桜《コスモス》は裏世界《むこう》にいるわけだし……でも、春風《はるかぜ》はどうなんだ？　あいつなら一旦ログアウトさせてやれば現実《こっち》の身体《からだ》を使えるだろ」

「いえ、不可能です。仮に【キャラクター】を現実世界に呼び出したとしても、こちらの身体には端末がないので《捕獲《キャプチャー》》が実行できません。それに……五番機は、どうやら貴方《あなた》を特別に慕っているようですから。私が命令を下してもまず聞きはしないでしょう」

「……へえ」

星乃宮《ほしのみや》ほどの腕があればどうにでもなりそうなものなのに、無理やり強制したり洗脳したりはしないんだな——とか、そんな感想も浮かぶが、まあそれは置いておこう。

「なら、諦めて俺に勝ちを譲ってくれるのか？」

「本当に口が減りませんね、貴方は。……ではこうしましょう。

現実世界に存在する電脳神姫《バグナンバー》を捕らえるための方策として、私は《端末所持ルール》を制定します。内容は——《各【プレイヤー】には〝端末〟が与えられる。各種モードの効果や宝玉の色などの仕様に関しては基礎ルールに準ずるが、ただし現実世界で実行できない内容についてはこの限りではない》——このような形で」

「……えっと、現実世界で実行できないってのは具体的にどれのことだ？」

「《生成《クリエイト》》と《加速《アクセル》》、それから《隠密《ハイド》》ですね。これらはその仕様上、ゲーム内でのみ実現できる機能です。逆に〝端末の位置を特定するだけ〟の《探査《サーチ》》と〝相手の宝玉の色を変えるだけ〟の《捕獲》は現実世界でも支障がない」

「……なるほど」

要は、俺と星乃宮も春風たちと同じように〝端末〟を装備できるようになったということか。全ての機能が解放されたわけではないらしいが、少なくとも〝星乃宮が雪菜《ゆきな》に接触して直接《捕獲》を適用する〟という勝ち筋《ルート》は成立してしまう。

ただ……その実、これまでの追加ルールに比べればそうキツいものではない、というのも確かだった。覚醒モードの秋桜ならともかく、生身の人間である星乃宮が追いかけてきたところでさほどの脅威はないだろう。

――この分なら、もうしばらくは引き延ばせそうだ。

そんな確信を得た俺は、星乃宮に続き、予《あらかじ》め考えてきていた追加ルールを口にした。

「じゃあ、俺が制定するのは《鬼の時間制限ルール》だ。内容は《現実世界／ゲーム世界に関《かか》わらず、一日のうち〝捕獲〟が解放されるのはルール制定から三時間のみ》って感じで。……まあ、要するに元の〝一時間半スパン〟に戻そうぜってことだな。本当は《時間制限ルール》が欲しかったんだけど、失効中のルールは通らないみたいだから」

「確かにそれはその通りですが……時間制限？　これだけ大層な復活劇を演出しておいて、

いざゲームが始まれば敗北を先送りにするだけということですか？」

「さあ、どうだろうな。お前がそう思うならそれでもいいぜ」

小さく口元を歪《ゆが》めながらそんな挑発を返す俺。……まあ、実際、時間稼ぎという側面も確かにある。勝利までの道筋はおぼろげに掴《つか》めているのだが、それを実行に移すにはもう少し時間が必要なんだ。今じゃない。今だと少し早すぎる。

「………………」

とにもかくにも、二つのルールは無事に先輩の承認を受け——一度は幕を下ろしたかに見えたＥＵＣは、静かに再開の火蓋が切られた。

＃

「ってわけだから、逃げるぞ雪菜《ゆきな》。さっさと着替えろ」

「——へ？」

追加ルールの制定直後。

先輩から〝端末〟を受け取ってすぐに教室を飛び出した俺は、そのまま雪菜の家まで駆け戻り、ノックもせずに部屋の扉を開け放った。中でぼけっとしていた雪菜が変な声を出しているが無視。クローゼットを漁《あさ》って適当に目に付いた服をベッドに放る。

その辺りでさすがに腕を掴まれた。

「ちょ、な、ななな何してんのナギ⁉」

「何って、だから着替えだよ着替え。もうすぐ星乃宮《あいつ》が来るから、その前にどっか逃げるぞ。今はまだこっちが〝鬼〟の時間だけど……念には念を入れておきたい。三時間は帰って来ないからそのつもりで」

「あ、ああ……そっか、そっか。昨日言ってたゲームの話ね。わ、分かった。着替える」

「頼む」

「うん。……うん？　えっと、わたし、今からここで着替えるんだけど……？」

「？　ああ、だからさっさと――」

「き、着替えられるかぁああっ！　いつまでそこに立ってるつもりなのよ馬鹿ナギ！　いくら美少女幼馴染《おさななじ》みの身体《からだ》に興味津々《しんしん》だからって、生着替えはダメ！　有料！」

「って、おあっ⁉」

　パジャマのまま顔を赤くすると、雪菜は俺の背中をぐいぐい押して部屋の外へと突き飛ばしてきた。そしてむーっと不満げな表情のまま両手で乱暴に扉を閉める。

「…………？」

　変だな。幼馴染みということもあって、雪菜は割とそういうのに無頓着なタイプなんだけど。というか、だからこそ今だって速度重視で強引に着替えさせようとした（ちなみに必死で脳を誤魔化《ごまか》していただけで、そ、そういうのに無頓着でもないタイプの俺は既に若干顔が熱い）わけだし。……うーん。

乙女心というヤツは、俺にはどうも分からない。

「謎だ……」

——誰もが眠った冬の道を雪菜《ゆきな》と歩く。

「なんか……こう言うとちょっと不謹慎かもしれないけど、凄《すご》いよね。この景色」

マフラーに顔を埋《うず》め、はーっと白い息を吐き出しながらそんな感想を口にする雪菜。

この景色、というのは、もちろん目の前のこれのことだろう。街灯も家から漏れる明かりも全て消え、完全に静まり返った街並み。誰も彼もがEUCにログインさせられ、意識を手放した状態でぐったり倒れ込むという異様な光景。

「寂しいって言うか、怖いって言うか……どうしてこんな世界を作りたかったんだろ、その星乃宮《ほしのみや》さんって人。……み、みんな寝てるだけ、なんだよね？　ナギ」

「ああ、そうだ。俺たちが勝てばちゃんと戻ってくる。あいつらも、ここにいるみんなも」

「う、うん。じゃあ……頑張らないとだね」

隣でぎゅっと拳を作っている雪菜に頷《うなず》きを返しながら、俺はゆっくりと歩を進める。

現在時刻は午後六時より少し前——六日目の後半もそろそろ終わる頃合いだ。

最初のうちは〝なるべく遠くへ〟と考えていたのだが、何のことはない、お互いに《加《アク》速《セル》》を使えないんだから適当な小路を選んでいるだけで逃走には充分事足りた。やはり星乃宮からしても《端末所持ルール》は十全な出来《でき》ではなかったんだろう。

「…………」

とは言え……実際、まだまだ俺の方が不利な状況だということは変わっていない。有効なルールの数、電脳神姫《バグナンバー》の人数、どちらも向こうが圧倒的だ。

ああ、くそ。俺は絶対にあの二人を取り戻さなきゃいけないのに――

「……ふふっ」

そんなことを考えていると、ふと隣の雪菜が嬉《うれ》しそうな笑みを零《こぼ》した。

「な……何だよ、いきなり笑いやがって」

「んーん。やっぱりナギはナギだなあって思っただけ。ちょっと妬《や》いちゃうけど……ほんとに昔から変わんないよね、そういうとこ」

「いや、だから何の話だって――」

「こっちの話。これ以上はだーめ。……あ、そだ。ねえナギ、ちょっと手出してみて？」

「……手？　手って……えっと、こうか？」

「――えいっ」

言われるがままに上着のポケットから両手を出した――瞬間、雪菜はくるりと俺の前に回ってその手をぎゅっと掴《つか》み取ると、自分のマフラーの内側へ深く深く突っ込んだ。

「‼?」

……構図からして、ほとんどゼロ距離で抱き合っているような格好だ。

両手で顔を挟み込んでいるみたいな……何なら、今にもキスとかしそうな体勢。

もこもこの毛糸と雪菜《ゆきな》の体温で冷え切っていた掌《てのひら》がじんわり温まっていくのは分かるけれど、分かるのだけれど、そんなことよりマフラーの下で指先に触れている首筋や頰《ほお》や耳の感触の方が気になって気になってしょうがない。

さすがに顔が赤くなる。見れば、雪菜の顔も赤かった。

「え、や、ちょ……ち、違うよ⁉ そういうんじゃなくて、私はただナギが寒そうだったからちょっと温めてあげようかなって……だ、だからそうやって照れるの禁止！ 私まで恥ずかしくなってくるでしょ⁉」

「…………………べっつに照れてねえし」

「いや照れてるってば！ 超照れてるよ！ だって全然目合わせてくれないじゃん！」

「〰〰〰っ！ ああもううるっせえ！ 大体お前さっきからめちゃくちゃ顔近いんだよ！」

からかわれたことで照れが加速した俺は、そう言うや否《いな》や一思いにマフラーから両手を引き抜いた。む、と少しだけ不満そうに頰を膨らませる雪菜を見遣《みや》りながら、仄《ほの》かな熱を帯びたその手を上着のポケットに戻しておく。ついでに、中で何度か開閉してみる。

……まあ、確かに冷えは若干薄らいだみたいだ。

「ありがと、な」

　そうしていつもの距離感に戻った俺たちは、緩やかな〝逃避行〟を再開した。

＃

「――うーん……ねえナギ、あのさ」

　それから、さらに翌日。ＥＵＣ開始から七日目の後半。

　昨日と同じく俺の隣を歩いていた雪菜が、ふと不思議そうにこんなことを訊《き》いてきた。

「さっきナギが決めたっていうルール、あるでしょ？　ずっと考えてたんだけど……あれって結局どういう意味なの？」

「ああ、そのことか。ん……まあ、そろそろ話しても大丈夫かな」

　端末で時間を確認してから小さく頷《うなず》く俺。……もうすぐ七日目も終了だ。多少厄介ないルールこそ追加されたものの、今日も無事に逃げ切ることが出来《でき》そうだった。

　ちなみに〝多少厄介なルール〟――星乃宮《ほしのみや》が七日目の追加分として制定したそれは、一言で表せば《座標開示ルール》なるものだ。《全【プレイヤー】及び【キャラクター】の居場所は常に端末上に表示される》という、まさにリアルタイムの追跡機能。

　これによって〝隠れる〟類《たぐい》の行動は完全に意味を失くし、後半なんてほぼぶっ続けで星乃宮の追跡を受ける羽目になったのだが……まあ、それでも一応何とかなった。……いや、別に誤魔化《ごまか》してなんかいやしない。ただこの街は俺たちの庭《ホーム》で、ついでに今は都合良く〝鍵が刺さったままの自転車《チャリ》〟がたくさん転がっているわけだから……ええと……うん。

後で入念に洗車して返すから今はどうか見逃してください。

「……こほん」

ともかく、そんなこんなでEUC七日目は——正確には七日目の〝《捕獲《キャプチャー》》モードが使える時間〟は——もう終わろうとしている。《座標開示ルール》で判明している星乃宮《ほしのみや》の現在地を考えれば、これ以降の襲撃《エンカウント》は有り得ないと言い切っていいだろう。

そう判断して足を止めた俺は、改めて雪菜《ゆきな》に向き直ることにした。

「《通信制限ルールの拡張》——お前が気にしてるのはそれのことだよな？」

「うん、そうそう。前に星乃宮さんが決めてたルールを拡張して、ゲ、、、ーム世界と、、、現実世界、、、との間の通信を完全に断ち切る、とか何とかって。でもさ、昨日も今日もそうだけど、今はほとんど現実世界《こっち》で追いかけっこしてるわけじゃん。なのに今さらゲーム世界との通信を禁止するって……それ、なにか意味あるの？」

はーっと白い息を吐きながらそんな疑問を口にする雪菜。

《通信制限ルールの拡張》——改め《通信途絶ルール》。その内容は、今雪菜が言った通り〝現実世界と裏世界との間の通信を禁じる〟というものだ。これによって星乃宮と秋桜《コスモス》の連携を潰すことが出来《でき》る……のだが、まあ確かに、現状に適したルールかと問われればそんなことはないだろう。

ただ。

「困るんだ、あの二人にちょっとでもコンタクトを取られると。秋桜の機能を調整されるのも嫌だし、妙な設定を追加されるのも駄目だし、そもそも普通に会話をされるだけで大問題。だからそこのケアをしておこうと思ってさ」

「会話されるだけで、って……なんで？」

「そんなの作戦に支障が出るからに決まってるだろ」

「さ、作戦……っ？」

こくんと息を呑《の》んで次の言葉を待っていてくれる雪菜に対し、俺は一つだけ頷《うなず》くと、それから大きく息を吸い込んだ。そして右手を首筋へ遣《や》り、最後にもう一度ＥＵＣ完全攻略までの道筋を頭の中に描き出す。

ああ……これで、繋《つな》がるだろう。もう繋がっているだろう。

星乃宮が敷いたこの絶望的な状況を突き崩すために、俺が組み上げた〝作戦〟は——

「——当然〝入れ替わり〟だ」

ぽかんと口を開ける雪菜を真正面から見遣《みや》りながら、俺は小さく口元を歪《ゆが》ませた。

「……え、いや……え？　えっと、あの……ちょ、ちょっと待って、ナギ」

俺の言葉をようやく咀嚼《そしゃく》し終えたらしい雪菜《ゆきな》は、わたわたと目に見えて混乱し始めた。

「入れ替わり？　だ、だってそれが出来ないから困ってたんじゃないの？　春風《はるかぜ》ちゃんも鈴夏《すずか》ちゃんも相手の人に奪われてて、入れ替われないようにされてるって」

「ああ、確かにそう言ったな。別にそれは間違ってない」

「間違ってない……？　でも、もう一人の子だってナギのこと拒絶してるんでしょ？　じゃあもう、ナギが入れ替われる相手なんてどこにもいないじゃん」

「そうだな、それも間違ってないぜ」

「……む、むぅう？」

いよいよ訳が分からなくなってきたのか、追及を止《や》めて俺の瞳を覗《のぞ》き込んでくる雪菜。

ああ、確かに……確かに現状、俺の入れ替わり《ログイン》は完全に封じられている。星乃宮《ほしのみや》も言っていたが、やはりあれこそが裏ゲームにおける最大のイレギュラーだったんだろう。わずかにでも逆転できる可能性が常にあって、だから、彼女は最初にそれを潰した。

——けれど、

「今まで出てきた情報を繋げると、それが覆せるようになるんだよ——いいか、雪菜？　まず、俺が〝入れ替わり〟でしかゲームに参加できない理由は、エニグマコードがあるからだ。コードの〝複製防止機能〟のせいでアバターが作れないから、必然的に他の誰かの身体《からだ》を借りることになる。で、その入れ替わり相手ってのが電脳神姫《バグナンバー》だ。同じくコードを使って作られた超高性能ＡＩ。……まあ、今は誰とも入れ替われないわけだけど」

「う、うん。大丈夫。そこまではおっけー」

「そりゃ良かった。で、ここからが大事なところなんだけど……入れ替わり自体を禁止されてる春風たちと違って、秋桜《コスモス》の方は俺からの介入を弾《はじ》いてるだけなんだ。ピンポイントで俺だけを指定してる。そこには明確な違いがある」

「……違い？」

「ああ。だってさ——コードの影響下にあるヤツなら、俺の目の前にもう一人いるだろ？」

「え。…………え、えええええっ!?」

——佐々原雪菜《ささはらゆきな》。

そう、それが俺の描いていた〝秘策〟の第一段階だった。エニグマコードという側面だけから見れば、俺と雪菜はほとんど同じ境遇にある。俺のアバターが作れないのなら雪菜のアバターだってそうだろう。俺がゲームにログインすると電脳神姫との入れ替わりが発生すると言うのなら、同じく雪菜の方もそうならない道理はない。

つまり。

雪菜は、秋桜と入れ替わることが出来る。

「や、ちょ……ちょっと待って、ナギ！」

俺の言いたいことを概《おおむ》ね理解してくれたんだろう。しばらく硬直していた雪菜がもう一度そんな大声を上げ、それから慌てたように両手をばたつかせ始める。

「い、今!? それ、今すぐ!?」

「そうだな。実際に秋桜《コスモス》を《捕獲《キャプチャー》》するにはまだルールが足りてないけど……本当に入れ替われるかどうかテストしておく必要もあるし」

「でも、それで星乃宮《ほしのみや》さんに警戒されたらもったいないんじゃ——」

「何のために《通信途絶ルール》を入れたと思ってるんだよ」

当然、星乃宮の目が届かないところで秋桜を好きに操るためだ。今なら俺が秋桜《あいつ》に何をしようとそれが星乃宮に伝わる心配はない。……ふふふ。

「な、ナギって時々悪役顔になるよね……うん、映画とかにいそう。最初仲間だけど途中で裏切って、でも悪側が負けそうになると掌《てのひら》返して戻ってきそう。さいてー」

「うるせえ。……っていうか、あのな。大方〝入れ替わり〟が怖くて話逸《そ》らそうとしてるんだろうけど、別に痛みはないし、お前が不安がるようなことなんか一つもないぞ?」

「うっ……全部バレてるし。……で、でも、そだね。そうだよね……うん、大丈夫! まだちょっとドキドキするけど、いいよ。我慢する。——だからさ、ナギ」

「ん?」

「……や、やさしくしてね?」

「…………」

上目遣いで囁《ささや》いてくれているところ悪いけど、それを言うべき場面は今じゃない。

俺は何となく恥ずかしくなって雪菜《ゆきな》の顔から視線を逸らすと、ポケットからスマホを取り出して彼女の右手に握らせた。そしてその手を包み込むように上からぎゅっと握り込み、電源ボタンを素早く二回、カチカチッと連打させる。

「…………ふにゃ？」

瞬間、その表情が明らかに変わった。

雪菜（仮）はまるで異世界にでも紛《まぎ》れ込んだかのように目を瞬《まばた》かせると、恐る恐る辺りを見渡し始める。右を見て、左を見て、はてと不思議そうに上を見て——そこで、ようやく俺に手首を掴《つか》まれていることに気が付いたようだ。

「——た、た、たたた……垂水《たるみ》夕凪《ゆうなぎ》っ!?」

「よう。現実《こっち》世界じゃ初めましてだな、秋桜」

そう言って俺がニヤリと笑ってみせると、秋桜は、これ以上ないと言うくらい大きくその目を見開いた——。

＃

「はーなーしーてーくーだーさーいぃいいっ！　ゆ、夕凪くんっ！　そうやって女の子の身体《からだ》を鷲掴《わしづか》みにするのは良くないと思います！　不潔です変態です強姦《ごうかん》ですっ！」

「変態って……いや、ただ手捕まえてるだけだろ」

「て、手でもダメだよ！　おねーちゃん知ってるんだからね!?　そうやって『手だけだから』が『肩組んでいい？』『腰細いね』『なんかいい匂いする』『ちょっと抱き締めさせて』まで繋《つな》がる強制コンボ……っ！　そ、そーゆーの良くないと思う！　思います！」

「妄想!!　それ最初から最後まで全部お前の妄想だから！」

「と、いうことになっておりますが！」

「実はなんと――じゃねえよ!?　破れかぶれに乗せようとしてくんじゃねえ！」

「う、ぅう……無念です。悔しいです。大事に大事に守ってきたわたしの純潔もここまでなんですね……で、でも、負けませんから。たとえ貴方《あなた》に身体《からだ》を弄《もてあそ》ばれたって！　お姉さまに捧《ささ》げたわたしの心は永遠に――ん、むぐっ」

「ああもう。いい加減うるさいっての、お前」

終わらない口論が面倒になってきた俺は、とりあえず空いた方の手で秋桜《コスモス》の口を塞《ふさ》ぐことにした。途端に生温かい吐息と感触が手のひらを撫《な》でてくるが、脳内を〝無〟にして極力反応しないようにする。……何せ、身体は雪菜《ゆきな》のままなわけだし。

「むー！　むーっ！」

そんな俺の内心など気にも留めず、秋桜はなおもじたばたと両手を動かしている。柔らかな全身をむぎゅうっと俺に押し付け、終《しま》いには俺の手のひらに甘噛《が》みらしき攻撃を加えながら無理やり手枷《てかせ》を外そうとして――やがて、盛大に足を滑らせてすっ転んだ。

「あうっ！　い、いったぁ……！」

……どうやら入れ替わっても〝ドジっ娘《こ》属性〟は健在らしい。

俺は後頭部を掻《か》きながら秋桜に手を差し伸べると、力を込めて立ち上がらせた。ちょっと涙目になった彼女はしばらく無言で俺の顔を見つめ、それからぼそっと小声で呟《つぶや》く。

「……あ、ありがとう、です」

「いや、別に。お前はどうでもいいけど、雪菜の身体に傷が付いたら困るから」

「ゆきな……？　えっと？」

「……ん？　あ、そうか。お前は知らないんだよな」

いわゆる認識の齟齬《そご》と言うヤツだ。会話が成り立たないのもそれはそれで困るため、手の内を明かさない程度に《通信途絶ルール》のことや雪菜による〝入れ替わり〟のことだけざっと伝えておくことにする。

「はー、なるほど」

そこまで聞くと、秋桜は神妙にこくこくと頷《うなず》いた。

「今日はお姉さまからの通信ないなーまだかなーって思ってたんですけど、その何とかってルールが原因だったんですね」

「そういうことだな。で、雪菜ってのは今お前と入れ替わってるヤツの名前」

「ふんふん。ふんふん……って！　なんか簡単に言われましたけど、もしかしてわたし今すっごいピンチですか⁉　わたしの身体《からだ》、夕凪《ゆうなぎ》くん一味に好き勝手されてるの⁉」

「……うーん。なんか、そう聞くとちょっと悪いことしてる感じがするな」

「感じじゃないですぅ鬼畜ですぅー！　あ、っていうか今認めた！　夕凪くん、自分が悪党だって認めましたね⁉　ゲームの中では身体をめちゃくちゃにして、現実世界では精神的にりょーじょくするって認め……お、おねーちゃんもう泣きそうだよ⁉」

「だから違うって言ってるだろ⁉　お前ちょっと想像力だけ逞《たくま》しすぎないか⁉」

「そんなことないもん普通だもん！　悪党の言うことなんか信じられないだけっ！」

「っ……ああ、分かった。それじゃあ一個だけ——これでお前の不信が解けるかどうかは知らないけど、一個だけ誤魔化《ごまか》しナシの本音を言ってやる」

「……な、何ですか？　適当な言い訳だったらお姉ちゃん怒るよ？」

俺の言葉に秋桜《コスモス》の動きがぴたりと止まる。どうやら、聞いてくれる気はあるみたいだ。

だから——俺は、すーっと息を吸い込んで、静かにこんな話を始めた。

「………今お前が入れ替わってる雪菜《ゆきな》ってヤツな、結構、その、大事なヤツなんだ。ちょうどお前が星乃宮《ほしのみや》のことをお姉さまお姉さまって慕ってるみたいな感じで……こう、目が離せないって言うか、離したくないって言うか。茶化《ちゃか》されるだろうから本人にはこんなこと言わないけど、春風たちと逢う前からずっと俺の〝大切なヤツ〟フォルダにはあいつがいたんだぜ？　今はそう思える相手が増えたってだけだ。……と、とにかく、そういうわけだから俺が今のお前を傷付けることはないよ。絶対にない」

「む、むぅ……」

一つ唸《うな》った秋桜は、その後もしばらく疑わしげな瞳で俺のことを見つめていたが――やがて「仕方ないですね、もう」と呟《つぶや》いて首を振った。その様は、確かに少し〝お姉ちゃん〟っぽい。

「夕凪くんがそこまで言うなら信じてあげ――って、はぅあっ!?」

……まあ、その拍子に髪留めを落として倒れ込むまでが秋桜のテンプレなのだが。

もはや何も言わずに抱き起こす。

「う、ぅう……ごめんね、ダメダメで。わたしおねーちゃんなのに」

「……いや、あのさ。さっきからお姉ちゃんお姉ちゃんって言ってるとこ悪いけど、俺は別にお前の弟とかじゃないぞ？　春風《はるかぜ》か鈴夏《すずか》と入れ替わってる時ならまだしも」

「？　あ、違う違う、いいんだよ。お姉ちゃんっていうのは、概念なんだから。実際にお姉ちゃんかどうかなんて関係ないんです。誰よりもお姉ちゃんらしいお姉ちゃんであることがお姉さまみたいなお姉ちゃんへの第一歩なの」

いつの間にか〝お姉ちゃん〟がゲシュタルト崩壊を起こしていた。……前に春風が『秋桜は星乃宮を物凄《ものすご》く慕っていて、だからこそ〝お姉ちゃん〟になりたがっているんじゃないか』みたいな推測をしていたが、この様子を見る限りそう外れてもいなさそうだ。

けれど――それには一つ疑問がある。大きな大きな違和感がある。

「なあ秋桜《コスモス》。お前、そもそもどうしてあいつのこと慕ってるんだ？」

「へ？　ど、どうしてって……何でそんなこと訊《き》くの？　夕凪《ゆうなぎ》くん」

「だって、おかしいじゃねえか。……お前が普段どういう扱いを受けてるか、ってのはこの際だからどうでもいいよ。でも、あいつは自分の目的のために――〝世界征服〟のためにはエニグマコードが全部必要だって言ってるんだ。それは……それは要するに、お前たちに埋め込まれたコードの欠片を全部取り出すってことじゃないのかよ？」

――そう。

星《ほし》乃《の》宮織姫《みやおりひめ》の〝野望〟というのは、つまるところそういうことだ。電脳神姫《バグナンバー》を全て手に入れ、彼女たちに埋め込まれたエニグマコードの断片を取り出すこと。そしてそれらを繋《つな》ぎ合わせてコードの原型を蘇《よみがえ》らせ、裏世界を現実世界とすり替えてしまうこと。

故《ゆえ》にこそ――それが為《な》されれば、全ての電脳神姫からエニグマコードが消失する。

彼女たちの能力や感情を生み出していた不確定要素《エニグマ》が、取り除かれることになる。

「そ、んなのって……っ！」

……そうなったとき、電脳神姫はその特殊性を完全に失ってしまうのだろう。春風《はるかぜ》の純粋無垢《むく》な微笑《ほほえ》みは二度と見ることが出来《でき》なくなり、鈴夏《すずか》のワガママ放題な声音《こわね》は二度と聞くことが出来なくなる。

そして……それは、秋桜《おまえ》だって同じはずなのに。

「いいのかよ、それで。──先に言っとくけどな、これは別にお前を唆《そそのか》して誘導しようとかそういう話じゃねえぞ。ただ気になったから訊いてるだけだ。ただ気に入らないから訊いてるだけだ。なあ秋桜、お前はどうして星乃宮に従ってるんだ？　あいつが勝てば〝お前〟は消えちまうんだぞ……ッ!?」

「…………」

途中から感情が抑えきれなくなった俺の言葉に、秋桜は唇を引き結んだまま小さく俯《うつむ》いた。それからしばらくの間、言いたいことをまとめるようにじっと地面を見つめ続ける。

そして、数秒後。ゆっくりと持ち上げられた表情は──笑顔、だった。

「……はい。いいんです、それでも」

「え……、は？」

「あのね。夕凪くんももう知ってると思うけど……ほら、わたしってドジだから。頑張ってるんだけど、一生懸命やってるんだけど、それでもあんまり使えない子だから。……だから多分、お姉さまの役には立ててないって思うんです」

「…………別に、そこまで言わなくたって」

「んぇ？　あ、ううん、いいのいいの！　落ち込んでるわけじゃないんだよ。わたしがダメダメだーっていうのは、悔しいけどただの事実だから」

「…………」

「でも……それでも、お姉さまは優しいから、わたしに強く当たったりしません。役に立たないわたしのことを本当はすごく嫌ってるはずなのに、全然表に出しません。……それが、ほんとは、ちょっとだけ嫌で」

「ん……少しも期待されてないみたいで逆に寂しい、か」

「うん、そうそう。そんな感じ。……わたしね？　ほんとに、ほんっとにお姉さまのことが好きなんだ。憧れてる。お姉さまみたいになりたいって思ってるし、お姉さまの役に立ちたいって思ってる。これ、洗脳とかじゃないよ？　ちゃんと全部わたしの意思。

　確かに最初のうちはちょっと怖くて、苦手かもって思ってたこともあるんだけど……でも、でもね？　お姉さまがわたしの力を使ってEUC《セカイ》を作ってくれた時——わたし、なんか泣いちゃったんだよ。色んな感情が溢《あふ》れてきて。わたし、こんなこと出来《でき》たんだーって。この人となら、こんな凄いことが出来るんだーって。わたしの全部を認めてもらえた気がして、嬉《うれ》しかったの。——だから」

「……だから？」

「最後の最後だけでもお姉さまの〝夢〟にわたしが力を貸せるなら……うん。そんなの絶対、嫌なわけがないです」

言い切って、はにかむように笑ってみせる秋桜《コスモス》。……その表情には様々な色が混ざり込んでいた。自身の未来に対する諦観と、それを塗り潰すくらい大きな期待と壮絶な覚悟。

「っ……！」

――いつの間にか、秋桜の手に重ねた左手を強く強く握り締めていた。

秋桜自身が〝そうしたい〟と願っているんだから、部外者たる俺が苛立《いらだ》つ権利などそもそも有りはしないのだろう。けれど、それでもムカつくものはムカついた。あろうことか雪菜《ゆきな》の姿でそんなことを言いやがったからかもしれない。違うのかもしれない。どちらにしても、俺には彼女の自虐的な未来図を認めることが出来そうにない。

だって……それじゃあ、誰が勝っても秋桜だけは報われないじゃないか。

「――あ、あのあの、夕凪《ゆうなぎ》くん？　さっきからちょっと手の力強いかなー、なんて……？」

「…………」

「あ、これ全然聞こえてないやつだ。……もう、勝手なんだから、夕凪くん。こんなにくっついてるの破廉恥《はれんち》なのに……む。でも、意外と優しい感じで……眠く……ふわぁ……」

目の前の秋桜が何か言っているような気もするが、必死で思考回路を起動している俺には何のことやらさっぱり分からない。

ただ右手を首筋へ遣《や》って、考えて、もっと深くまで潜り込んで…………。

「……ねえナギ、私に何か言うことない？」

気付いた時には雪菜《ゆきな》の中身が元に戻っていた。

目の前の——というか腕の中の雪菜は、照れと怒りと両方の要因で赤くなりながら俺のことを睨《にら》みつけている。が……まあ、それもそのはずだろう。何せようやくゲーム世界から口グアウトしたと思ったら、現実の方の身体《からだ》が俺に羽交い絞めにされていたんだから。

飛び退《の》くようにばっと両手を離しつつ、一応言い訳してみることにする。

「い、いや……違うんだって、雪菜。ほら、あいつに逃げられたりしたら面倒だろ？」

「そうだけど、だったら手とか繋《つな》いでおくだけで良かったでしょ。ナギ超抱き締めてたじゃん。っていうか秋桜ちゃん、この子《こ の》、もはや安心しきって寝てたじゃん」

「それは——って、それは単にあいつが危機感なさすぎるだけじゃないか？」

「……うん。確かにそうかも」

敵にもたれかかって熟睡、なんて異常事態をこんな簡単に流されてしまう秋桜《コスモス》が不憫《ふびん》でならないが、全ては日頃の行いというヤツだ。諦めてもらう以外にない。

「それで、だ。自分からログアウトしてきたってことは、作戦成功って思っていいのか？」

「え？　ああ、うん。そっちは大丈夫。あの薄紫色の髪でメイド服着たすっごい可愛《かわい》い女の子が秋桜ちゃんでしょ？　ちゃんと入れ替われたよ」

「そうか。……あー、その……どうだった？」

「どう、って……入れ替わった感想ってこと？　うん、ちょっと不思議な感じだった。ナギなら分かってくれると思うけど、なんかすっごいリアルな夢でも見てるみたいな……って、そうだ。私一つだけナギに訊《き》きたいことがあるんだけど」

「ん？　訊きたいこと？」

「そうそう。えっと……あのさ。私、秋桜ちゃんと入れ替わった後、ビックリし過ぎて自分の身体とか色々触っちゃったんだよね。顔ぺたぺたってしてみたり、胸とか足とか触ってみたり、そーっと服の中覗《のぞ》き込んでみたり」

「ああ、分かる分かる。つい気になるんだよな」

「あ、やっぱり？　やっぱりナギもやってた？」

「そりゃもちろ――――おい、待て雪菜。……このトラップは卑怯《ひきよう》じゃないか？」

何やらとんでもないくらい鋭角な誘導尋問で俺の蛮行が明るみに出ていた。

雪菜はやれやれと小さな溜《た》め息《いき》を吐《つ》きながら、温度の低いジト目で俺を睨んでくる。

「……まあ、分かるよ？　いきなり春風《はるかぜ》ちゃんとか鈴夏《すずか》ちゃんみたいな可愛い子に放り込まれたら、そりゃ色々したくなっちゃうのは分かるけど……ふぅ、ナギも男の子だね」

「うっ……や、待て待て待て、その納得の仕方は不本意すぎるぞ⁉　少しだよ、ほんの少しだ。それこそ確認程度でしか触ってない。理性に誓って絶対だ！」

「ふ――――ん……。いいけど」

言葉の上では許したようなことを言いながら、不満げにつーんとそっぽを向いてしまう雪菜《ゆきな》。くっ……不可抗力とは言え、この口論は向こうに分がありそうだ。これは後でハーゲ○ダッツ様の助力を乞うしかなさそうだな……。

思考を切り替えるように小さく息を吐いてから、俺は、そっと右手を首筋へ遣《や》った。

「まあ……ともかく、これで雪菜と秋桜《コスモス》が入れ替われることは証明できたわけだ。今のところ代替案なんかなかったし、上手《うま》く行ってくれて本当に良かった」

「……ん。まあ、それはそうだね」

露骨に〝逃げた〟ようにも取れる俺の感想に対して、雪菜は仕方なくといった様子で半眼を止《や》めると、神妙な口調でそう言った。それから首を傾《かし》げてこんな疑問を口にする。

「でもさ、ナギ。ちょっと思ったんだけど……現実世界とゲームの世界って完全に分離してるわけでしょ？　だったらさ、向こうにいる秋桜ちゃんが私を捕まえられないのは良いとして、ナギの方だってどうしようもないんじゃないの？」

――それは、雪菜からすれば当然も当然、いっそ根本的な疑問だった。

星乃宮《ほしのみや》が雪菜を捕らえることに苦労しているのとは真逆の理屈で、ＥＵＣ内に仲間がいない俺は相手側の電脳神姫《バグナンバー》に対して何のアクションも取ることが出来《でき》ない。たとえこうして入れ替わりが成立したところで、それは戦況の改善には無関係だろう。

けれど、

「大丈夫。今はそれでいいんだ」

「……今は？」

余計に眉を顰《ひそ》める雪菜に対し、ニヤリと不敵に笑う俺。

そう――実はつい今しがた、秋桜に抱き付かれながらの思考で俺はとある一つの情報を思い出していた。元はと言えば何気ない、どころかほぼ無意味だった〝雑談〟だ。しかし、状況が変わったことでそいつが立派な意味を持つようになった。

それを踏まえて考えてみれば。

「二つ、だ。――春風《はるかぜ》たちを取り戻すには、ＥＵＣをクリアするには、追加しなきゃいけないルールが二つある。絶対にどっちも必要だ。両方入ってくれないと最後まで繋《つな》がり切らない……だけど、それを俺から制定するのはかなりリスキーなんだよな」

「？　リスキーって、なんで？」

「そりゃもちろん、星乃宮に勘付かれる確率が跳ね上がるからだよ。どっちのルールも俺が決めるには違和感があるから、多分、言った瞬間に気付かれる」

「な、なるほど。……でも、それじゃどうするの？　危険なのは分かったけどさ、ナギから言い出せないならいつまで経《た》っても決められないじゃん」

「ああ。だから、待ってるんじゃねえか」

そこで一旦言葉を切ると、俺は、すぅーっと長めに息を吸い込んだ。

それから、緊張したように息を呑《の》む雪菜《ゆきな》の茶色い瞳を見返して……はっきりと言い放つ。

「──俺が欲しい二つのルールのうち、一つは星乃宮《ほしのみや》に決めさせる」

「えっ……決め、させる？」

「そう、決めさせる。……あいつも欲しいはずなんだ、あのルールは。むしろ客観的にはあいつの側にしか有利が付かないようなルール。だからこうして時間を稼いでれば、きっとそのうち焦《じ》れて追加してきてくれるはず──それを待ってるんだよ。そうなったらあとは自前でもう一つのルールを入れるだけでいい」

「……う、うーん？　分かったような、そうでもないような……？」

疑問符をちりばめながら曖昧に頷《うなず》く雪菜。……まあ、今はこのくらいの認識で充分だろう。まだ星乃宮の動きが確定していない以上、ここで全てを説明する意味はない。

「だけど……どっちにしても、もうすぐだ。あいつもそろそろ動くはず」

右手を首筋へ遣《や》りながら、俺は祈るような口調で小さく呟《つぶや》く。

祈る、と言うと少し大袈裟《おおげさ》に聞こえるかもしれないが──実際、一つの賭けみたいなものではあった。分岐《ルート》は残り二つだけだ。星乃宮が〝俺の望んでいるルール〟を追加してくるか、あるいは〝俺の想定を超えるとんでもないルール〟を練り上げてくるか。

ＥＵＣの勝敗を分かつ〝答え〟が開示される刻《とき》は、もうそれほど遠くはない。

＃

「――やあやあ、キミたち。こんな世界でも仲良くしてくれているようで何よりだよ」

ＥＵＣ開始八日目。いつも通りの時間に教室へと赴くと、黒板の前に立っていた瑠璃《るり》先輩がふと俺の隣を見ながらそう言った。

「へ……？　せ、先輩？」

その何とも言えない〝黒幕感〟に表情を強張《こわば》らせ、ぐいぐいと俺の腕を引っ張ってくるのは無論のこと雪菜だ。……そう言えば、ＥＵＣの概要や星乃宮の野望ばかりに気を取られて、先輩の正体までは説明してなかったんだったか。

「えっと……その人、スフィアのメンバーなんだよ。だからまあ、簡単に言っちゃうと敵」

「――えぇぇぇえっ⁉」

衝撃的すぎる事実に悲鳴のような声を上げる雪菜。彼女はしばしあわあわと視線を泳がせると、それから胸元で下手《へた》くそな戦闘態勢《ファイティングポーズ》を取り始めた。加えて、いつも姫百合《ひめゆり》に発しているみたいな、がるがると妙に可愛《かわい》らしい唸《うな》り声もセットで放ち始める。

「……ふふふっ」

その光景がツボに入ったのか、先輩はフードの下で小さく噴き出していた。

「え、ちょ、何で笑って……あ、あれ？　ねえナギ、これ深刻な場面とかじゃないの？」

「いやいや、キミの反応《リアクション》としてはそれで正解だよ。何の問題もない。……そうだ、この前はお見舞いに行けなくてごめんね。すっかり快復しているみたいで安心したよ」

「……？　えっと、はい。おかげさまで……？」

「ふふ、そんなに警戒しないで欲しいな。ボクは確かにスフィアの一員だし、所属の上ではキミたちの敵かもしれないけど……でも、EUC《ここ》じゃ中立だからね。安心してくれていいよ。それと、詳しいことが聞きたければまた落ち着いた時にでも話してあげる。

　だから今は――早いところ、ルール制定に移ろうか」

　口の中でからころと飴《あめ》を転がしながらそう言って、先輩は視線を後ろに投げかけた。すると、そこでひっそりと腕を組んでいた星乃宮《ほしのみや》が静かに顔を持ち上げる。暗がりから浮かび出るように現れた怜悧《れいり》な瞳が一瞬雪菜《ゆきな》に向けられ、当の雪菜は「ひゃうっ!?」と身体《からだ》を跳ねさせるや即座に俺の背中に逃げ込んだ。

　それに特別固執することもなく視線を俺に向け直し、星乃宮はゆっくりと口を開く。

「まともに顔を合わせるのはこれが初めてですね。……そちらの方が〝番外個体〟ですか」

「ああ、そうだ。結局一緒に逃げることになるんだから、家に残っててもらうより最初から合流しておいた方が手間も少ないと思ってな。どうせ前半の鬼は俺だから、いきなり危険になるってこともないし」

「なるほど。ええ、はい。賢明な判断かと思いますよ。かく言う私も、この二日で、現実世界での《捕獲《キャプチャー》》を狙うのはあまりに非効率だと結論付けたところですから」

「……ん？　じゃあ――」

「はい、そういうことです」

ゆるりと首が縦に振られる。

現実世界での《捕獲》に見切りを付けた――というのは、つまり手法を変えるということだ。今までとは違うアプローチで俺を詰ませるという極めて攻撃的な宣言。

であれば、今から告げられるルールは決して単なる時間稼ぎなんかじゃないんだろう。

はっきりと、間違いなく、完全無欠に〝攻め〟のルールだ。

「私は――」

なら、ここだ……ここが結末《エンディング》の最終分岐。考え得る全ての布石は打ったつもりだし対策も講じたつもりだが、ここで外されたらもう完全に後はない。心なしか背中に添えられた雪菜の手にも力が籠もっているような気がする。誰かが息を呑《の》む音が明瞭に耳朶《じだ》を打つ。

そして。そのルールは、ひどくゆっくりと紡がれた。

「――《二世界間捕獲《キャプチャー》ルール》を、八日目の追加ルールとして申請します」

「っっっ!!」

……気付けば、思い切り顔を歪《ゆが》めて俯《うつむ》いていた。

星乃宮が口にした追加ルールとその内容。それを聞いた瞬間から身体中の震えが止まらない。頭がぐわんぐわんと揺れていて、視界も出鱈目《でたらめ》にブレまくっている。

「な、ナギ……？」

後ろの雪菜《ゆきな》が心配そうに声を掛けて来るのが分かった。俺の様子があまりに奇妙だからか、両手を使ってゆさゆさと身体《からだ》を揺すってくれる。……が、それでも、こみ上げてくる感情を処理するので精一杯な俺にはただ返事をすることさえも億劫《おっくう》だった。

ゆっくりと、ゆっくりと頭を動かして、星乃宮《ほしのみや》に――ではなく、瑠璃《るり》先輩に視線を遣《や》る。

「……先輩。今のルールって、もう受理されてますか？　弾《はじ》かれたりはしてないですね？」

「え？　あ、ああ、うん。織姫《おりひめ》様が一番手だし、もちろん通っているけれど……？」

「そうですか。なら――良かった。これで遠慮なく喜べます」

絞り出すようにそんな言葉を放つと、俺は続けて勢いよく顔を跳ね上げた。その表情に浮かぶのは決して絶望なんかじゃなく、ニヤリと歪《ゆが》みに歪んだ笑顔だ。……ああ、当たり前だろう。当然だろう。だってそのルールは、まさしく俺が望んだものだ。星乃宮織姫は、あの至高の天才は、最後の最後でようやく俺と対等の位置にまで下りてきてくれた。

これで、やっと――繋がる。

どうしても俺一人では埋められなかったピースが、星乃宮のおかげで綺麗《きれい》にハマる。

「……？」

あからさまな俺の変調に対し、さすがに眉を顰《ひそ》め始める星乃宮。そんな彼女に一瞥《いちべつ》をくれながら、俺は、邪悪に笑《え》んだまま勝利に必要なもう一つのルールを定めることにした。

「だったら――俺は、二番手として《情報開示ルール》を制定する。《これまでに交わされた、及びこれから交わされる〝ルール制定時の会話〟は全て端末に会話履歴《ログ》として記録される。ログは、端末所持者であれば誰でも閲覧できる》……と、こんな感じで」

「……それが、貴方《あなた》のとっておきですか？」

どう見ても致命的なルールには思えないであろうそれに対して、星乃宮は怪訝《けげん》そうに視線を下げながらそう呟《つぶや》いている。が、反面、俺を睨《にら》む目付きは鋭いままだ。ルールの内容云々《うんぬん》というより、もしかしたら俺の口振りそのものに警戒を抱いているのかもしれない。

でも――そんなのは、もう遅い。

一番手であんなルールを決めた時点で、星乃宮《おまえ》は既に致命的な間違いを犯している。

「これがとっておきかどうかって？　はっ、それすら分からないなら俺がお前に負ける道理はねえよ。いつかの台詞《せりふ》をそっくりそのまま返してやる――相手が悪かったな」

だから俺は、真正面から彼女と向かい合ったまま、堂々と啖呵《たんか》を切り飛ばして。

精々煽《あお》るように、嘲《あざけ》るように口角を引き上げながら、誰にともなく呟いた。

「――――それじゃあ、頼むぜ？」

「……あれ？」

ふと鈴夏《すずか》さんの発した素《す》っ頓狂《とんきよう》な声に、わたしはびくりと顔を持ち上げました。

薄暗い夕焼けに染められた午後の教室。窓ガラスで反射されるオレンジはとても綺麗《きれい》ですが、同時に胸がきゅっと締め付けられるような感じがします。何故《なぜ》か、少し、痛いです。

――わたしたちがここに来てから、もうすぐ四日が経《た》とうとしていました。

ここがどこか、というのは、わたしにもよく分かりません。EUCの中の学校だということは確かですが、少なくともわたしや夕凪《ゆうなぎ》さんが通っているクラスとは別の教室だと思います。多分、階も違っていて、周りに人の気配はありません。

それから、実を言うとドアも窓も開かなくて……はい。要するに、わたしも鈴夏さんも、仲良く閉じ込められているのでした。

「……ね、ねえハルカゼ？　あたし今『あれ？』って言ったんだけど。聞こえよがしに言ったんだけど……どうして無視するのよ」

「え？　――わっ！」

状況を再確認しているうちに、いつの間にか鈴夏さんがすぐ近くまで来ていました。両手を腰に当ててぷくっと頰《ほお》を膨らませている鈴夏さんに、わたしは慌てて頭を下げます。

「ご、ごめんなさい鈴夏さんっ！　えと、その……ちょっと考え事をしていて」

「考え事？　ハルカゼが？　……ふん。まあいいわ、許してあげる。でもこれからは気を付けなさいよね。二人っきりなんだから、あんたが反応してくれないと寂しいじゃない」

「……えへへ。はいっ！」

わたしが笑顔で返事をすると、実はとっても甘えたがりな鈴夏さんはぷいっと顔を背けてしまいました。……この数日で良かったことが一つあるとすれば、それは鈴夏さんとの距離がぐんと近付いたことでしょうか。夕凪さんはワガママだって言いますけど……えと、確かにそれも否定はしないですけど……でも、とっても素敵な方です。

「——って、そうじゃないわ！　何和んでるのよハルカゼ。これだってば、これ！」

そんな鈴夏さんは、勢いよく首を横に振ると、続けて何かを宙に掲げました。……ＥＵＣの端末？　でも、何かがちょっとおかしいような……？

「あ……光ってます」

そうなんです！　赤くなった宝玉を見るのが悲しくて、どうしても目を背けてしまっていた端末——そこに、なんとゲームからの通知が来ていたのです！　……えと、喜んで良いのかよく分かりません。覚えている限り最後の通知が〝夕凪さんが全ての電脳神姫《バグナンバー》を失ったこと〟を知らせるものだったので、むしろビクッと肩が跳ねてしまいます。

でも……これ以上、何があるというのでしょう？

「って言うか、あたしたちを奪われてるのにタルミがまだ負けてない、っていうのがそもそもよく分からないのよね」

「……はい、確かにそうです」

細い指先で端末を操作しながらそんなことを言う鈴夏《すずか》さんに、わたしは不承不承──本当はこの後に〝不承〟をもう二十個くらい付け足したい勢いで──頷《うなず》きます。

「EUCは元々、相手の電脳神姫《バグナンバー》を全員奪ったら勝ち、というゲームです。わたしと鈴夏さんがここにいるのに、夕凪《ゆうなぎ》さんはどうやってゲームを続けているんでしょうか……？」

「どうかしらね。……ま、でもタルミのことだから、どうせ卑怯《ひきょう》で小狡《こずる》い手でも使って踏《ふ》み止《とど》まってるんじゃない？」

「…………」

「……ど、どうして黙るのよハルカゼ。あたし何か変なこと言った？」

「あ、いえ。やっぱり鈴夏さんも夕凪さんのこと信じてるんだなって思って、うれしくて」

「な──ば、馬鹿じゃないのあんた!? あたしがタルミなんか信じてるわけないじゃない！ この鈴夏《あたし》というかけがえのない存在を賭《か》けておきながらあっさり負けるタルミなんて、むしろこっちから願い下げよ！ ふふん、やっぱりあたしは誰かの手に収まるような器じゃなかったというわけね！」

「鈴夏さん鈴夏さん、今はわたししかいませんよ？ そう見栄《みえ》を張らなくても」

「っ……別に、見栄なんかじゃ…………ふん。ま、まあ？ 確かに、この絶望的な状況を引っ繰り返してくれるような〝誰か〟の手になら、また収まってあげても良いかもしれないわ。……そ、それが誰とは言わないけどっ！」

バンバンと机を叩《たた》きながら耳まで赤くする鈴夏さんでした。また、と自然に言ってしまう辺りが〝もえぽいんと〟ということらしいです（この前、姫百合《ひめゆり》さんに教わりました）。

「と——とにかくっ！　これ！」

すっかり逸《そ》れてしまった話題を鈴夏さんがもう一度元に戻します。今度こそ、ということなのか、端末を操作してわたしにも見える位置に画面を投影してくれました。

こほん。ではでは、読みます。

「「《情報開示ルール》?」」

二人の声が重なりました。一つ咳払《せきばら》いして、鈴夏さんは右手をそっと口元に近付けます。

「これ、タルミが決めたルールよね。現実世界側《むこう》の会話があたしたちにも〝見える〟ようになったってこと……?」

「えっと……はい、そうですね。一日目の会話から全部、一覧で検索できるみたいです」

「……このタイミングでそんな無意味っぽいルール……間違いないわ。これ、超重要よ」

「は、はいっ。わたしもそう思います！」

あの夕凪さんが、この土壇場で、意味のないルール。……有り得ません。ちょっといい例が思い浮かびませんが、何かとても有り得ないものと同じくらい、有り得ません。

「……こほん」

誤魔化《ごまか》すように喉を鳴らしてから、わたしも鈴夏さんと一緒に会話履歴《ログ》を探り始めました。……しばらく無言の時間が続きます。雪菜《ゆきな》さんの名前が出てきて思わず大きな声が出てしまいそうになる一幕もありましたが、基本的には無言です。しー、なのです。

そして――――どのくらい経《た》った頃でしょうか。

「……これ、です。鈴夏《すずか》さん、これ、ちょっと見てくださいっ！」

「どれ？　何日目？」

「三日目です。三日目の、ルールを決める前の辺りが」

鈴夏さんに説明をしながら、わたしも妙に気になるその部分をもう一度読んでみることにします。夕凪《ゆうなぎ》さんと瑠璃《るり》さんとの会話ですが、引っかかるのは夕凪さんの台詞《せりふ》だけ。

ちなみに、こんな感じです。

『基礎ルールで《全ての【キャラクター】を自分の陣営《チーム》に加えたら勝ち》っていうの、あるじゃないですか』

『あのルールって、別に宝玉の色がどうとかいう部分には触れてないですよね？　ただ全員を陣営に入れれば勝ちって言ってるだけで。だったら、例えば《俺側に所属する電脳神《バグナン》姫《バー》の宝玉を赤にする》みたいなルールは通るんですか？』

『いや、別に陣営を変更するわけじゃないです。メンバーを交換しようって話じゃなくて、単に俺と星乃宮《ほしのみや》のチームカラーを逆に出来《でき》るのかってだけで。……まあ、別にメリットとかないんですけどね』

……ここです。やっぱり、間違いありません。

夕凪さんは三辻《みつじ》さんのような〝効率派〟ではありませんが、かと言って、わざわざ〝メリットがない〟と断言するようなことまで掘り下げるような人でもありませんから。

「だから、この会話は――全然、夕凪さんらしくないです」

「ええ、そうね。タルミはきっとこんなこと言わない。……でも、だからこそなのかもしれないわ。そういう分かりやすい〝印〟がないといくら何でも気付きようがないし」

「？　えっと、わたしたちに違和感を持たせるためってことですか？」

「ん、そう。……かも、だけどね」

そう言って綺麗《きれい》なピンクの髪を横に揺らす鈴夏さんですが、その実、既に今の意見を信じ切っているように見えました。一刻も早く違和感の正体を探り当てようと、澄んだ紅《あか》の瞳を端末の画面に向けています。

「…………」

そして、それは、わたしにも同じく言えることです。

実は、さっきから胸の奥の方がドキドキと高鳴っていました。予感がするんです。強い、強い予感があるんです。ＲＯＣの〝交換日記《いっか》〟にも似たメッセージのせいで夕凪さんがすぐ近くにいてくれているような気がして、声を掛けてくれているような気がして、もう心の中がぐちゃぐちゃでした。抑えようとしてもぜったい無理です。無駄です。夕凪さんに対する信頼と安堵《あんど》と会いたい気持ちが——溢《あふ》れ出してきて。

だから、なんだと思います。

「……わたし、分かっちゃったかもしれません」

そのメッセージの意味は、意外なほどすんなりとわたしの中に入ってきてくれました。

♯

EUC八日目、後半戦の開始まで残り五十分を切った頃。

「——そろそろ逃げなくていいのですか？」

しばらくの間黙っていた星乃宮《ほしのみや》が、ふと顔を上げてそんなことを訊《き》いてきた。……まあ、もっともな疑問だ。昨日までならとっくに教室を出ていた頃なのに、俺も雪菜《ゆきな》もルール制定時から一歩たりとも動いていない。不可解に思うのも当然のことだろう。

けれど、俺は小さく笑いながらこう答えた。

「ああ。そもそも逃げる必要がないからな」

「……まさか、本当に勝てると思っているのですか？」

俺の返答が気に食わなかったのか、星乃宮は低い声を出しつつこちらを睨《にら》む。

「虚勢を張るのもいい加減にしてください。貴方《あなた》はリタイア直前でどうにか踏《ふ》み止《とど》まっているだけです。挽回《ばんかい》はしていない。改善もしていない。逆転なんて以《もっ》ての外《ほか》です。もし私より優位に立っていると思い込んでいるのでしたら、それは哀れな妄想に過ぎません。何し第一、そうでなくとも貴方が私に勝利するというのは有り得ないことなんですよ。何しろ秋桜《コスモス》の〝覚醒状態〟は——私はあまり好きではありませんが——まさしく万能と言って良い。他の誰をも寄せ付けない、最強の〝裏世界改変能力〟なんですから」

「ああそうだな。知ってるよ。……けど、残念ながら仕込みは全部終わってるんだ」

「仕込み……？」

俺が予想と違う反応を見せたからか、星乃宮は腕を組んだまま僅かに怪訝《けげん》そうな顔をしてみせた。それに答える代わりに、俺は大きく一歩前に詰め寄る。

「そもそも、俺がどうしてここに雪菜を連れて来たと思ってるんだ？　本当に合流の手間をなくすためだけか？　ふざけんなよ、有り得ない。お前と雪菜が接触するだけでも充分リスクになるんだから、理由がそれだけなら学校周辺で落ち合うのが妥当だろ」

「……そ、れは……」

「分からないか？　ならそこで見物しててくれ。今からじっくり教えてやるよ」

小さく表情を陰らせる星乃宮に対して、俺はニヤリと悪役っぽい笑みを吊《つ》り上げた。

——いや、あえて煽《あお》るような言い方をしているが、実際その辺のカラクリは〝雪菜が電脳神姫《ナンバー》と入れ替われる〟前提を知っていなければ理解しようがないものだ。そしてその点、初対面の時から俺を〝唯一の例外〟だと断言していた星乃宮は、その強固な先入観からそもそも〝俺以外の誰かによる入れ替わり〟を想像すら出来《でき》ないと踏んでいた。

もちろん、それは単なる願望交《ま》じりの予測だったわけだが……しかし、つい一時間前。

彼女が自分からあんなルールを口にしたことで、ようやく確信に変わってくれたんだ。

名称：《二世界間捕獲《キャプチャー》ルール》

内容：《全ての端末に〝ARモード〟を追加する。端末の画面をダブルタップすると自動的に起動し、その座標に対応する反転世界（EUCからなら現実世界、現実からならEUC世界）が映像として映し出される。さらに、そこに相手陣営の【キャラクター】が映っている場合、画面越しに〝捕獲〟モードを起動することが出来る》

……要するに、隔絶されている二世界間の壁を部分的に取り払うというルールである。

これが、この〝失態《ミス》〟が、俺にはどうしても必要だった。

いや——いや、少なくとも一見したところでは悪手でも何でもない、どころか一方的に星乃宮《ほしのみや》だけが得をするルールだ。何せ《加速《アクセル》》も《生成《クリエイト》》も使えない現実世界からではこの機能の恩恵なんかほとんど受けられないのに対し、EUC世界にいる秋桜《コスモス》は順当に強化されることになる。何とも星乃宮らしい、狡猾《こうかつ》で強烈な〝攻め〟のルールだ。

それは多分、長引いたゲームを一撃で終わらせるための容赦ない鉄槌《てっつい》で。

何の対策もしていなければ一瞬で詰まされてしまうほどに鬼畜な設定で。

だけど——そんなの、雪菜と秋桜との〝入れ替わり〟が可能になるだけで全部まとめて引っ繰り返ることだろう？

「…………ま、さか」

そこまで思考を進めた辺りで、視線の先の星乃宮が徐々に目を見開いていくのが分かった。その表情に混ざるのは微《かす》かな困惑と驚愕《きょうがく》。彼女の意識は既に俺ではなく後ろの雪菜《ゆきな》へと向けられている——そう、俺の背中に隠れてログインキー《スマホ》を準備していた雪菜へと。

ま、そりゃここまでやればさすがに気付かれるか。

「だけど今さらどうしようもないぜ、星乃宮。次のルール制定は二十三時間後だ」

「っ……！　い、いえ、確かに想定内とは言えませんが、それでも挽回《ばんかい》が不可能というほどでもありません。既に今日の前半戦は残り四十分を切っている。《隠密《ハイド》》モードが有効になっているのですから、逃げるだけならいくらだって——」

「ああ、いや。残念だけどそっちももう対処済みだ」

「…………は……？　貴方《あなた》は、一体何を言っているのですか……？」

「言葉通りの意味だっての。……いいか？　あのな、俺は今スフィアのトップに歯向かってるんだぞ。それくらい考えてきてるに決まってるだろ。準備してきてるに決まってるだろ。そう簡単に勝てる相手だなんて、最初から一ミリも思っちゃいねえんだよ！」

俺は勢いよく啖呵《たんか》を切りながら右手で思いきり宙を掻《か》いた。言葉を重ねる度に語気が荒くなっていくけれど、もはや俺には自制のしようがないし、そもそもそんなことする気はない。いい加減、怒ってるんだ。春風《はるかぜ》を奪って、鈴夏《すずか》を奪って、世界を奪って――そこまでしておいて、お前はまだ俺を敵だと認識すらしていなかったのか？

だとしたら、それがお前の敗因だ。

「お前がやってたのは作業なんかじゃない、ゲームだ。ＥＵＣはゲームなんだよ。お前の事情は知らないし、野望のために動きたいならそんなの勝手にすればいい。だけど、ゲームなんだからそれを阻む〝対戦相手〟がいなきゃ始まらないに決まってるだろ」

「対戦相手――それが、貴方《あなた》だと？」

「別に名乗り出たわけじゃないけどな」

小さく笑って、俺はそっと端末に触れた。……もうそろそろ頃合いだろう。もしかしたら多少気が早いかもしれないが、それならそれで待つだけだ。

そんなことを考えながら黒板に端末画面を映し出した、刹那――

「おいおい……ナイスタイミング過ぎるだろ、二人とも」

――五月蠅《うるさ》いほどの通知音と共に何件ものシステムメッセージが画面に飛び込んできた。

《電脳神姫五番機〝鈴夏〟の陣営変更を確認》

《電脳神姫二番機〝春風〟の陣営変更を確認》

《失効中の追加ルール復帰処理中……38％……82％……完了しました》

《〝時間制限ルール〟及び〝エリア制限ルール〟及び〝協力者ルール〟及び〝隠密《ハイド》モード

の削除〟。以上のルールが再び有効となります》

「……な、ぁ……ッ!?」

瞬間的に黒板を埋め尽くした文字群を見て、星乃宮《ほしのみや》はこれまでとは比べものにならないくらいに大きく表情を変化させた。唇を震わせ、ふらつく足にどうにか力を入れ、右手を額に当てながら至極乱雑な仕草で思い切り前髪をかき上げる。

「ま……待って下さい。意味が分からない！　これは、一体何が起こって――」

「はっ、意味なら後で教えてやるよ！」

今だとどうにも間が悪いし、な。

ともかく、例の仕込みのおかげで春風と鈴夏は無事に俺の陣営へ戻ってきてくれた。そして、あの二人が戻ってきたということは、つまり今までの追加ルールも全て復活したということだ。そこには当然《隠密モードの削除》も含まれる。

だったら話は簡単だろう。何せ雪菜《ゆきな》は秋桜《コスモス》の身体《からだ》を自由自在に操作できる。だから、例えばゲーム内で秋桜としてここまで移動してきて、《生成《クリエイト》》モードで適当な罠《わな》でも作成しつつ即ログアウトしてしまえばいい。要は、時間差で自分を攻撃するんだ。

《隠密》モードを失っている以上、秋桜にそれを躱《かわ》す術《すべ》はない。

加えて、元々ゲームの中の存在である秋桜はログインの方法を知らないから、主導権《タイミング》を握っているのは最初から最後まで雪菜の方ということになる。仮に失敗したところでもう一度やり直せばいいだけの話だ。隙を残したつもりは一切ない。大事な連中《やつら》をぞんざいに扱われてちょっと怒っている今の俺だから、詰ませ切るまで止まってやらない。

「そういうわけで――」

俺は上着をばっと翻すと、少し身体《からだ》を動かして星乃宮《ほしのみや》と雪菜《ゆきな》を一直線上に引き合わせた。

そして、思い出したようにこちらへ駆け寄ってこようとする星乃宮の姿を視界の中心に捉えたまま、腕を振り下ろして――声の限りに叫ぶ。

「――入れ替われ、雪菜！」

……そこから先の展開は、ほとんど全部がスローモーションみたいに見えた。

俺の指示にこくんと頷《うなず》いてスマホの電源ボタンを押下する雪菜。途端、一気に表情を変えた〝彼女〟――雪菜の身体に入った秋桜《コスモス》を、俺は後ろから羽交い絞めにする。彼女はしばらくじたばたと暴れていたものの、目の前で星乃宮が顔を青褪《あおざ》めさせているのを見た瞬間にぱたりと静止した。

気遣わしげに声を掛けようとして、一生懸命喉を震わせようとして。

「えっと、あの、お姉さ――」

けれど、その言葉は最後まで続かなかった。

予定通りEUC内を移動して教室まで戻ってきていた雪菜《ゆきな》がログアウトしたからだ。そうして自分の身体《からだ》を取り戻した雪菜は、即座に端末の画面をダブルタップするや向こうの様子を映し出す。――と、

「……きゅ、きゅうう……」

画面の中心に映る秋桜《コスモス》は、もう完全に気絶していた。投げ出された髪が時折バチッと帯電しているところを見るに、恐らくスタンガンか何かの電流を浴びせられたんだろう。

雪菜はその姿をしばし申し訳なさそうに眺めていたものの……やがてぶんぶんと首を振って端末に指を添え直した。

そして、今度は微塵《みじん》も迷うことなく、秋桜に対する《捕獲《キャプチャー》》を実行する。

「や、めっ――!!」

……星乃宮《ほしのみや》の制止も虚《むな》しく、秋桜が持つ宝玉の色がじわりと赤から青に変わって。

すとん、と力なく膝《ひざ》を突いた彼女に掛ける言葉など、俺には一つも浮かばなかった。

#

《電脳神姫《バグナンバー》一番機〝秋桜〟の陣営変更を確認》

《この移動により【プレイヤー】星乃宮織姫《おりひめ》の陣営に所属する【キャラクター】が0名となりました。同時に該当【キャラクター】に付随するルールも全て失われます》

《追加ルール失効処理完了。【プレイヤー】星乃宮織姫のゲーム続行権限停止》

《――同時刻をもって、ＥＵＣは正規終了処理に入ります――》

「……どう、やったのですか」

しばらく無言の時間が流れた後。

教室の床に座り込んだままの体勢で、星乃宮は微《かす》かに顔を持ち上げた。

そんな彼女の傍らには瑠璃《るり》先輩が控えているものの、どう声を掛けるべきか迷っているのか一定の距離以上には近付こうとしない。そして、春風《はるかぜ》と鈴夏《すずか》はまだ戻ってきていなかった。ゲーム開始時のことを考えれば、恐らく全ての処理が終わった段階で全員一緒にログアウトさせられるんだろう。

それまで多少時間がかかりそうだから、という理由《わけ》でもないけれど。

後ろの雪菜にちらりと視線を遣《や》った後、俺は星乃宮の疑問に答えてやることにした。

「どうやったのか、か。お前がどの部分について言ってるのかは知らないけど、とりあえず俺が用意した作戦は二つだけだ。まず、雪菜と秋桜の〝入れ替わり〟――これはお前も気付いてただろ？」

「ええ。……まあ、もうとっくに引き返せないタイミングで、ですが」

「みたいだな。意外と馬鹿にできないんだ、先入観って」

「っ……確かに、それは認めましょう。貴方《あなた》を完全なる〝例外〟と位置付けてしまったばかりに、私の視野は狭くなっていたのかもしれない。貴方以外にスフィアの脅威となる存在を想定できていなかった。ですが……それだけでは、説明が付きません」

俯《うつむ》いた前髪の隙間から、星乃宮《ほしのみや》は鋭い視線を俺に向けた。

「どうやってあの二機を取り戻したのですか？　秋桜《コスモス》を動かしたわけでもない。直接指示を出したわけでもない。貴方自身は私の前から一度だって離れていないのに」

「……まあ、お前が気になるのはそこだよな。いいぜ。ちゃんと説明してやる」

そんな恨みがましい目付きを正面から見返しながら、俺は気取った風にこほんと一つ咳《せき》払《ばら》いした。ついでに右手を首に添え、思考をまとめながら順に言葉へと変えていく。

「まず前提として――今から話す全部の根幹として、重要なのは春風の特殊能力だ。電脳《バグナ》神姫《ンバー》五番機。あいつには〝設定の書き換え〟って能力が宿ってる」

「はい、それは当然把握しています」

「良かった。なら大分話が早い。……設定を変えるっていうのはさ、ゲーム世界じゃそれなりに万能なんだ。ＲＯＣでは俺がログイン出来《でき》ないように操作されたし、逆にＳＳＲじゃ俺のログイン先を無理やり書き換えてくれたりもした。

で、それと同じように――今回は、あいつ自身の宝玉の色を変えてもらったんだよ」

「…………」

俺がそこまで言い切ったところ、視線の先の星乃宮が小さく顔をしかめたのが見て取れた。彼女は俺を糾弾するかのように、先ほどよりもさらに棘《とげ》のある言葉を放つ。

「ふざけるのは止《や》めてください。ＥＵＣにおいて電脳神姫の能力は〝ルールに抵触しない範囲〟でしか行使できない。そして、陣営の変更は《捕獲《キャプチャー》》モードを介してしか行われないというのが〝ルール〟です。……故《ゆえ》に、貴方の発言はおかしい」

「ああ、そりゃ確かに直接陣営を変更するのは無理だよ。っていうかそれが出来るなら最初から勝負になってない。……けど、俺が言ったのはそんなことじゃないだろうが。春風は別に陣営なんか弄ってない。単に宝玉の色を変えただけだ」

「は……？　色を変えた、だけ？」

そう。つまり春風《はるかぜ》は、星乃宮陣営に所属したまま自分の宝玉を〝青〟に変えたんだ。よりシステム的に言えば、自身の端末における設定を一部書き換えることで〝宝玉の色が表す所属陣営〟を入れ替えた。俺の陣営なら赤、星乃宮の陣営なら青、という具合に。

こうすれば、春風の陣営は変わらないまま、ただ宝玉だけが青になる。

「――ですよね、先輩？」

「え？　……あ、ああ。ボクか」

確認のために話を振ると、突然だったのが悪かったのか瑠璃《るり》先輩はびくっと肩を跳ねさせた。それからフードの端を片手でちょこんと引き下げつつ、おずおずと答える。

「う、うん。その通りだよ。電脳神姫《バグナンバー》の陣営を変えるためには確かに《捕獲《キャプチャー》》モードを使わないといけないけれど、宝玉の色を変えるだけなら基礎ルールには違反しない。……けど、それがどうしたんだい？　こんなの、わざわざ確認するようなことなのかな」

「もちろんですよ。というか、それが一番大事なことだって言ってもいいくらいです」

「え……？」

「いいですか、先輩。春風《はるかぜ》が〝設定を書き換え〟た以上、陣営はともかくあいつの宝玉の色は〝青〟になってます。そこでもう一つ——先輩、《捕獲》モードの仕様って覚えてますか？　出来《でき》れば正式なテキストで」

「ん……まあ、それは一応。何と言ってもボク、ＥＵＣの運営側だからね。

——《捕獲モード：対象【キャラクター】の宝玉を自分のそれと同じ色に変える。ＥＵＣにおいて陣営変更はこのモードを介してしか行われない：消費15％》」

「…………」

「……って、え、あれ？　これって、まさか、もしかして……！」

ルールテキストを淀《よど》みなく言い終えた先輩は、しかしそこで不意に動きを止めた。何やらブツブツと呟《つぶや》きながら徐々に両目を見開いていき、まるで自分の考えが信じられないとでも言うように驚愕《きょうがく》と興奮の入り混じった瞳で俺を見る。

ああ——そうだ、そういうことだ。

電脳神姫の陣営を変えるために絶対必須の《捕獲》モードだが、しかし実を言えば、何も直接的にそういった効果を有しているわけではない。《捕獲》はあくまでも〝相手の宝玉を自分のものと同じ色に変える〟機能だ。その結果として陣営が移るというだけで。

だとすれば。

――〝青〟の宝玉を持つ春風が鈴夏を《捕獲》したら、どうなるか？

当然、その《捕獲》は成立するはずだ。効果文の通り、鈴夏《すずか》の宝玉は春風と同じ青に変わる。しかも鈴夏の方は設定変更能力を受けていないわけだから、元々の設定に従ってちゃんと陣営も変わるんだ。星乃宮《ほしのみや》の陣営から、俺の陣営へと。

あとは、春風が自身の設定変更を解除するだけでいい。

既に正式な処理で俺の所属に戻っている鈴夏が春風を《捕獲》し返せば、二人は無事に星乃宮の支配から逃れることが出来る。

「……まあ、別に最初からこうなることまで読めてたわけじゃないんですけどね」

首筋へ遣《や》っていた手を下ろしながらそんな風に呟く俺。すっかり好奇心の虜《とりこ》モードに入ってしまった先輩から視線を切り、呆然《ぼうぜん》と瞳を揺らす星乃宮へと向き直る。

彼女はしばらくの間そのまま黙り込んでいたが――やがて、小さく息を吐き出した。

「そんなことは、当たり前です。……仮にここまで全ての展開が読めていたのなら、貴方《あなた》の見せた絶望や慟哭《どうこく》すらも嘘《うそ》だったことになってしまう。貴方にそこまでの演技力があるとは到底考えられません」

「……言い方がなんか引っかかるけど……でも、まあそうだな。俺も四日目の時点では完全に負けたと思ってたよ。雪菜《ゆきな》の特殊性になんて全く気付いてなかったし、それに《情報開示ルール》で春風《はるかぜ》たちに伝えようとした会話だって元は単なる雑談だ」

「雑談？」

「ああ。だってあの時点でゲームに参加してた電脳神姫《バグナンバー》は三人だけだったんだから、春風と鈴夏《すずか》が二人とも奪われた場合の想定なんかしても意味ないだろ？　だから、あれは本当に〝もしかしたら使えるかも〟程度の気持ちで訊《き》いた軽い情報だったんだ。何もかも失った後で——雪菜に救い出された後で、偶然大きな意味を持ったってわけ」

「……では、その作戦を口頭で伝えず、わざわざ迂遠《うえん》な方法で報《しら》せたのは？」

「それはお前がスフィアのトップだからだろうが。詳しいことはよく知らないけど……あれだけ特殊なＡＩを組み上げられるんだ、もしかしたら春風たちの〝記憶〟にも干渉できるのかもしれない。そう思ったから、最後まで伏せておくしかなかったんだよ」

「…………」

俺の話を最後まで聞き終えると、星乃宮織姫《ほしのみやおりひめ》は一度だけ宙を仰ぎ、それから静かに目を伏せた。酷《ひど》く消沈に暮れたその姿は思わず見入ってしまうほどに雰囲気があり、故《ゆえ》に誰一人として動き出せない。雪菜が小さく息を呑《の》む音だけが静謐《せいひつ》な空間に時折交《ま》じる。

——そして。

「……難しい、ものですね」

数分が経過した後、星乃宮は訥々《とつとつ》とその内心を吐露し始めた。

「この感情をどう表現すればいいのでしょう。声を荒げればいいのか、泣き叫べばいいのか、それとも余裕綽々《よゆうしやくしやく》で笑っていればいいのか……少し、見当が付きません。負けるとは思っていなかった。そもそも勝負だと思ってすらいなかった。なので……そうですね。結局は、私の慢心が招いた結果なのかもしれません」

ゆっくりと、ゆっくりとそう言いながら、星乃宮は自身の端末に視線を遣《や》った。そこには、相変わらず倒れたままの秋桜《コスモス》が映っている。……《二世界間捕獲《キャプチャー》ルール》が消えているのにどうして映像が、と一瞬疑問に思ったけれど、よくよく考えてみればＥＵＣは既に幕を引いている。ルール度外視の介入も可能というわけか。

電流の影響はとっくになくなっているらしく、画面の向こうの秋桜は気絶しているというよりただぐっすりと眠っているだけみたいだ。

「…………」

そんな彼女を見遣《みや》りながら、星乃宮は画面の上にそっと手を置いた。その目には、その動きには、秋桜のことを〝役立たず〟と罵るような色は一切感じられない。どちらかと言えば労《いた》わるような、慈《いつく》しむような、あるいはどこか申し訳なさを伴った悲しげな様相で。

「……星乃宮《ほしのみや》。お前、もしかして――」

それを見てとある可能性に思い至った俺が口を開きかけた……その瞬間、だった。

「――――え？」

端、末、画、面、に、映、し、出、さ、れ、た、ゲ、ー、ム、世、界、が、、ガ、ラ、ガ、ラ、と、音、を、立、て、て、崩、壊、し、始、め、た、の、は。

♯

《警告――警告》
《EUC管理システムに致命的な異常が発生しました》
《想定外負荷指数・測定不能。処理能力限界を大幅に超過しています》
《緊急要請。当該システムがダウンする前に、管理者コマンドを用いて直ちに事態の対処に当たってください。繰り返します。当該システムがダウンする前に――》

「……ど、どどうすればいいのナギっ!?」

画面の中の異常と同時に端末を埋め尽くした無数の警告文《アラート》。それに対し、最も早く反応を示したのは雪菜《ゆきな》だった。焦《あせ》ったように声を上擦《うわず》らせながらぐいぐいと腕を引いてくる。

が――どうすればいいも何も、状況が分からないのは俺だって同じことだ。

ＥＵＣシステムに致命的な異常？　処理能力限界の超過？

目に入るのはそんな不穏な単語ばかりだ。瑠璃《るり》先輩が『ちょっと失礼するよ。……急いで応急措置用の機材《PC》を調達してくる』などと言い放って教室を飛び出したところを見るに、どうやらスフィア側の仕込みというわけでもないらしい。

「っ……！」

そこまで考えてから一度だけ首を振ると、俺は勢いよく端末から顔を持ち上げた。

「――どういうことだよ、星乃宮」

「…………」

同じく端末の画面を呆然《ぼうぜん》と見つめたまま固まっていた彼女は、しばし俺の質問に答えを返さなかった。が……やがて、微《かす》かに唇を震わせながらポツリと零《こぼ》す。

「どうやら、無茶《むちゃ》をさせすぎたようです」

「……無茶？」

「はい。――本来、ＥＵＣはこの学校の敷地内のみで行う予定のものでした。その規模であれば私の技術だけでも充分に管理し得る。ですが、途中で事情が変わりました。四日目の〝勝利もどき〟を受けて計画を前倒しにした影響で、裏世界は既にエニグマコードがなければ制御できない規模にまで拡大してしまっているのです。

そして、それなのに、私は貴方《あなた》に敗北した」

だからエニグマコードが手に入らなくて――だから、EUC世界は維持できない。

「っ……！」

一応、理屈としてはそれなりに納得できるものだった。今回の裏ゲームはROCやSSRと比べても桁違いなほど影響範囲が広すぎる。いくら星乃宮《ほしのみや》が規格外中の規格外とは言え、さすがに限度があるということだろう。

ただ……原因についてはそれで良いとしても、もっと現実的な問題が他にある。

「……EUCが完全に崩壊したら、今向こうにいる連中はどうなるんだよ。春風《はるかぜ》も、鈴夏《すずか》も、三辻《みつじ》も十六夜《いざよい》も――それだけじゃない！　膨大な数の人間が裏世界にいるんだぞ!?」

「ッ……分かっています、そんなことは！」

俺の糾弾に思いきり首を横に振り、叩《たた》き付けるようにそう呟《つぶや》いた星乃宮は懐から小型のタブレット端末を取り出した。そして凄《すさ》まじい量の情報で氾濫しそうな画面を超高速でスクロールし、キーボードを開いては絶え間なく何かを打ち込んでいく。

その様子は、まさに〝取り乱した〟という表現が相応《ふさわ》しいほどに鬼気迫るものだ。

「おかしい、おかしい、おかしい……っ！　いくらエニグマコードが制御不能になっているとは言え、ここまで異常な挙動を見せるなんて有り得ません。暴走……？　ですが、その可能性は潰しておいたはずなのに――《管理者コマンド：EUCのフィールド全域に強制ログアウト処理を適用。秋桜《コスモス》は予備サーバーへ移動させてください》！」

混乱に塗《まみ》れた自問を繰り返しながらも迅速に命令を飛ばす星乃宮。

瞬間、彼女の声に従ってタブレットの画面が青白く明滅し始めた。……何故《なぜ》かやたらと不安を煽《あお》るような演出なのが気になるが、恐らく正常に処理が始まったんだろう。画面上部に〝一斉ログアウトまでの予想時間：五分十七秒〟とのカウントダウンが表示される。

「…………ふう……」

どうにか全滅エンドだけは回避できそうな予感に、ほっと安堵《あんど》の息を吐く。

と――しかしそんな折、今度は左腕の端末がいきなり滅茶苦茶に暴れ始めた。

「っ⁉　こ、今度は何だよ⁉」

『今度は……？　って、あ、もしかしてその声、タルミ⁉　タルミでしょ⁉』

「……え？」

『「え？」じゃないっ！　せっかくあんたの希望通り戻ってきてあげたのに、どうしてそんな雑に反応されなきゃいけないのよ！　ま、全く！　まったくまったくまったく！　ほんっとにタルミはこれだから！』

怒っているのかはしゃいでいるのか分からないハイテンションな声音《こわね》が耳朶《じだ》を打つ。たった四日間聞いていなかっただけなのに既に懐かしさを覚えるワガママな響きが、いつかのゲームの時と同じく勝手に端末をジャックして勝手に俺まで届けられる。

そんな馬鹿げた芸当が出来《でき》るのは――――当然、鈴夏に決まっていた。

……ふう、と、もう一度小さな溜《た》め息《いき》が零《こぼ》れる。

「連絡できるならもっと早くしてくれよ……ちょっと心配してたんだぞ、鈴夏《すずか》」

『っ……な、何よそれ。ふん、あたしとハルカゼを奪われておいてちょっとしか心配しないだなんて、タルミも随分偉くなったものね。もっと気にしてくれたっていいじゃない！』

「もっとって、どれくらいだよ」

『〝四六時中あたしたちのことしか考えられないくらい〟よ。決まってるわ。だって、少なくともあたしは――って、違うっ！　べ、別にあたしがそうだったってわけじゃないから！　むしろタルミのことなんかちっとも考えてなかったんだからね!?』

「……そうか。なら、あれだな。待たせて悪かったな」

『～～～～～～～～～っ！　だ、だから違うって言ってるじゃない！』

せっかく真摯《しんし》に謝ってやったというのに悲鳴じみた声音《こわね》で否定してくる鈴夏。……ちなみに俺は四六時中どころか軽く四日ほど気が気じゃなかったわけだが、その辺りは伏せておくことにさせてもらおう。多分、こいつは調子に乗る。

「えっと……それで？　いきなりどうしたんだよ、鈴夏。まさか俺に文句言うためだけに連絡してきたわけじゃないんだろ？　……ないよな？」

『へ？　――って、そう、そうよ！　ああもうっ、タルミのせいですっごい話逸《そ》れちゃったじゃない！　言い争いなんかしてる場合じゃないわ、ＥＵＣ《こっち》は今大変なことになってるの！　どこもかしこも崩れてて……ん、ちょっと待ってなさい。すぐ映像も繋《つな》ぐから』

鈴夏がそう言ったのとほとんど同じタイミングで、端末の通話状態が〃通常〃から〃映像通信〃へと切り替わった。途端、じっ、とばかりに、不満と焦燥と微《かす》かな喜色を含んだ紅《あか》い瞳が画面の中央に映り込む。……何となく口端を上げて笑ってみせると、小さく舌を出して返された。

続けてもう少し待ってみると、徐々に映像の画角が変わっていくのが分かった。それに従って彼女の顔だけでなく全身が、身体《からだ》だけでなく周囲の光景までもが視界に入るようになる。

そこは、ＥＵＣ世界におけるこの学校の屋上だった。

見慣れた扉と給水塔。ＥＵＣ崩壊の影響を受けて亀裂の入った白い床。そこでぐっすりと眠っている……否《いな》、起き抜けなのか、くしくしと両手で目元を擦《こす》っている紫髪《コスモス》メイド。

――そして、

『お久しぶりです、夕凪《ゆうなぎ》さん。……ほんとに、本当に……会いたかった、です……っ！』

そんな彼女の傍らには、鈴夏の他にもう一人、白色の少女が立っていた。

「――――」

彼女を見て一瞬胸が詰まってしまったのは……果たして、上手《う ま》く隠せているだろうか。

一時は二度と取り戻せないかもしれないと思った存在《モ ノ》だ。一時は二度と見ることが出来《で き》ないかもしれないと思った笑顔《モ ノ》だ。そして、一時は二度と聞くことが出来ないかもしれないと思った声音《モ ノ》だ。

「………はる、かぜ。……春風《はるかぜ》」

涙の交《ま》じった声を振り払うように言い直す。

「心配かけて悪かった。四日間も放っておいて悪かった。あんな簡単に奪われちまって悪かった。不甲斐《ふ が い》なくて悪かった。それと……ごめんな、遅くなって」

『……はい。ちょっとだけ……ちょっとだけ、寂しかったですよ？　むー、でした』

「むー？　……って、ああ。なんか微妙に頬《ほお》膨らませてると思ったら、もしかしてあれか、怒ってるのか」

『です、おこってます。……なので、帰ったらいつもよりずっと……四日分くらいは、まとめてぎゅーってしちゃいます。ダメって言っちゃダメですよ？　仕返し、なんですから』

「ああ、覚悟しとくよ」

『そうしてください。……えへへ』

『……え、待って、これおかしくない？　二人してふんわり和んでるとこ悪いけど、あたしの再会シーンと比べて対応がちゃんとし過ぎじゃない？　ちょ、ちょっとタルミ！　あたし、そういう差別とかって良くないと思うわ！』

「いや、別に差別ってほど差なんか付いてなかっただろ」

　お前の時は何となく悔しいから表に出さないだけだ——とは言わずにそう答えると、鈴《すず》夏《か》は『何よそれっ！』と分かりやすくむくれてみせた。そして、その隣では、春風が『二人とも素直じゃないです』なんて言いながら柔らかく笑っている。

　それは、まさに俺が絶望の中で望んだ光景そのもので。

　けれど——本当の意味での〝再会〟を祝うには、まだもう少し早すぎるだろう。

『……っていうかさ、タルミ』

　今なお崩壊しつつあるＥＵＣの現状を思い出したのか、鈴夏が不思議そうに首を傾《かし》げた。

『結局、あたしたちはどうすればいいわけ？　タルミがそんなに落ち着いてるってことは、別に慌てて逃げたりはしなくていいのよね？』

「ああ、大丈夫だ。今強制ログアウトの処理が進んでるから、多分あと一分もしないうちにＥＵＣからは抜けられる。春風はそのまま現実世界《こっち》の身体《からだ》に、鈴夏は俺のスマホにって感じだな。それと、秋桜《コスモス》は予備サーバーの方に移るみたいだ」

『なんだ、そうなの？　なら何もしなくても帰れるんじゃない』

「だからそう言ってるんだって。何だよ、まだ波乱が欲しかったのか？」

『別にそういうわけじゃないけど……まあ何でもいいわ。ね、それよりタルミ。実はこの四日間、あたしとハルカゼの二人で〝タルミがどんな方法で助けに来てくれるか〟ってお題で推理対決してたのよ。あとで聞かせてあげるから、もし当たってたらご褒美ね？』

「ご褒美……いいけど。ってか、二人でそんなことしてたんだな」

『はい、そうなんです。最初はただ「何でもいいから楽しいことを考えよう」って話だったんですけど、いざ初めてみたらすごく盛り上がっちゃって……えへへ、いつの間にか勝負することに。あ、でもでも、とってもユニークなんですよ、鈴夏《すずか》さんの発想力《アイデア》！　まさか夕凪《ゆうなぎ》さんがあと二段階の変身を残していただなん――』

「……ん？」

そんなよく分からない（分かる必要がないとも言う）呟《つぶや》きを最後に春風《はるかぜ》の言葉がいきなり途絶えた。見れば、鈴夏も含めて二人ともが画面の中から消えている。

「――強制ログアウト処理、正常に完了しました」

同時に淡々とした声音《こわね》が耳朶《じだ》を打った。

当然、それを発したのは星乃宮《ほしのみや》だ。彼女は今まで酷使していたタブレットを教卓の上にそっと置くと、しばらく目を閉じてから吐き出すように言う。

「EUC世界にログインしていた人間は全員、既に現実世界へと帰還させました。四日間ゲームにログインし続けていた形になりますが、その程度の時間であればエニグマコードの生命維持が効く範囲。よほどのことがない限り身体《からだ》に影響は出ないはずです。

ただ……ＥＵＣの修復そのものは、間に合いそうにないですね」

俯《うつむ》く星乃宮が零《こぼ》したのは、酷《ひど》く寂しげな声だった。……世界征服の土台となるはずだった〝新世界〟が崩壊しているのだから当然と言えば当然なのかもしれないが、どうもそれだけという風には思えない。大きな野望を打ち砕かれて悲嘆に暮れる天才というより、むしろ小さな希望を摘《つ》まれて悲しみに沈む少女のような……そんな、弱々しくて儚《はかな》い様相。

「…………」

それを見て、俺は思わず右手を首筋まで持ち上げた。

さっきも少し考えたことだが……こいつは、本当に世界征服なんか狙っていたのか？

いや、確かにＥＵＣの規模はそれだけ大袈裟《おおげさ》な野望を掲げるに相応《ふさわ》しいものだ。けれど彼女の態度には〝世界〟に対する執着なんて最初からほとんど感じられない。彼女の視線は、常に別の〝何か〟へと向けられている。

モヤモヤとした疑問をどうにか言葉にしようとして――しかし、その時。

「ゆ……夕凪さんっ！」

――ガラリと教室前方のドアを引き開けて、春風が勢いよく部屋に飛び込んできた。

彼女の様子は普段とは大分違っている。あえて喩《たと》えるなら、そう、まさに〝血相を変えて〟といった感じだ。かなりの長距離を走ってきたのか、額や首筋には薄っすらと汗の粒が浮いている。流麗な金糸がふわりとまばらに散っている。

「春風《はるかぜ》……？　そんなに急いでどうしたんだよ。っていうかお前、大丈夫か？」

「はあっ、ん、はぁっ……けほ、こほっ……ご、ごめんなさい夕凪《ゆうなぎ》さん。わたしなら大丈夫です。心配してくださってありがとうございます……って！　そうじゃないです！　大丈夫なんかじゃありません、すごくすっごく大変なんです！」

「分かった。大変なのはもう何となく分かったから、具体的に何がどう大変なのかを――」

「秋桜《コスモス》さんが！　秋桜さんが、ログアウトを拒否してまだEUCに残っているんです！」

「――――――ッ！」

秋桜の名前が出た瞬間、著しい反応を示したのは他の誰でもなく星乃宮織姫《ほしのみやおりひめ》だった。彼女は先ほど手放したばかりのタブレット端末を乱暴に引き寄せ、ほとんど指先が見えないほどの高速で何かを打ち込んでいく。それに従って映る画面が切り替わっていき、やがて校舎の屋上を斜め上から切り取るような構図になる。

………そして。

そこには、もう誰も居なくなったはずのゲーム世界の中心には、何かを決意したような表情で佇《たたず》む秋桜の姿だけがぽつんと小さく取り残されていた――。

【the others/xx/error code】

『――あ、れ？　なんか、気付かれちゃった……のかな？』

『嘘《うそ》!?　もう、最悪ね。せっかくあとちょっとで上手《うま》く行きそうだったのに』

『ご、ごめんね……？　お姉ちゃん』

『……いやいや、なんで謝るの。＊＊は何も悪くない。それに、私には気なんか遣わなくて良いっていつも言ってるでしょ？　ごめんは禁止』

『……うん。じゃあ、えっと……ありがとう』

『なら良し。――それにしても、秋桜、ドジばっかりするくせにこういうところだけ妙に鋭いのね。例のプレイヤーのこともそうだけど、色々誤算だったかも』

『そうだね……だ、大丈夫かな？　まさか、これで作戦失敗とか……？』

『んーん、そんなわけない。絶対そんなことにはさせない。だって……約束したでしょ？　私たち二人で、一緒にスフィアを乗っ取るって』

《……警告。ＥＵＣメインシステムが何者かによって強制的な介入を受けました》
《これに伴い、管理権限の一部が〝unknown〟へと移譲されます》
《フィールド崩壊進度：約73％。抵抗可能戦力：極少数》
《ＥＵＣ：正式名称 E.x. Unlimited Conquest――強制続行《リブート》》

あとがき

こんにちは、もしくはこんばんは。久追遥希《くおうはるき》です。

この度は『クロス・コネクト3　電脳神姫《バグナンバー》・秋桜《コスモス》の入れ替わり拒絶ゲーム攻略』をお手に取っていただきまして、誠にありがとうございます！

三巻……三巻です！　皆様の応援のおかげで無事にシリーズ三冊目を書かせていただくことが出来ました。一巻、二巻とはまた違った〝入れ替わり×ゲーム攻略〟となっておりますが、こちらも期待に応えられるようなものになっていれば非常に嬉《うれ》しく思います。

続きまして、謝辞です。

今回も素晴らしすぎるイラストで物語を彩ってくださったkonomi（きのこのみ）様。秋桜のキャラデザ最っ高でした……！　表紙、口絵も含めて何度見惚《みと》れたことか分かりません。本当に本当にありがとうございます。

また本作の担当編集様、並びにMF文庫J編集部様、その他本作の出版に携わってくださった全ての皆様。まだまだ慣れないことばかりの自分ですが、皆様のおかげで理想的な執筆ライフ（個人的感想）が送れています。今後ともどうぞよろしくお願いします。

それから最後に、この本を読んでくださった読者の皆様に最大の感謝を。

次も楽しんでいただけるよう、引き続き全力で頑張ります……っ！

久追遥希

クロス・コネクト3
電脳神姫・秋桜の入れ替わり
拒絶ゲーム攻略
きのこのみのkonomiと申します！
十六夜君がモノクロページ1枚を
勝ち取った！そんな3巻!! ニッコリ
新キャラの秋桜は色々な表情を
みせてくれるので、描いていて
とても楽しかったです YEY!!
3巻のご感想も ツイッターなどで
おきかせいただけましたら
幸いです グッ
おとうさん
三辻ちゃん
スペシャルサンクス
久追遥希先生
担当さま
minori／結城辰也さま
and you!! thanxxx
秋桜どうなっちゃうの!?次巻楽しみです!!!
姫百合

MF文庫J

クロス・コネクト 3
電脳神姫・秋桜の入れ替わり拒絶ゲーム攻略

2018年7月25日　初版第一刷発行

著者　久追遥希
発行者　三坂泰二
発行　株式会社 KADOKAWA
〒102-8177 東京都千代田区富士見 2-13-3
0570-002-001（ナビダイヤル）

印刷・製本　株式会社廣済堂

Printed in Japan　ISBN 978-4-04-065018-0 C0193

【 ファンレター、作品のご感想をお待ちしています 】

〒102-0071 東京都千代田区富士見2-13-12
株式会社KADOKAWA　MF文庫J編集部気付「久追遥希先生」係　「konomi（きのこのみ）先生」係